ハヤカワ文庫 JA
〈JA1564〉

知能侵蝕 1

林　譲治

早川書房
9020

目次

1 軌道の晴れ上がり 7
2 心霊スポット 50
3 IAPO 85
4 仲間 124
5 有人宇宙船 160
6 不滅号 198
7 海の怪・山の怪 236
8 衝突 273
あとがき 311

知能侵蝕1

登 場 人 物

■航空宇宙自衛隊宇宙作戦群

八島隆一空将補……………………群司令官

宮本未生一等空佐…………………群司令官補佐

加瀬修造三等空尉…………………第四宇宙作戦隊観測班長

長嶋和穂三等空尉…………………同・班長補佐

今宮周平空曹………………………同・給養員

■国立地域文化総合研究所（ＮＩＲＣ）

的矢正義……………………………理事長兼最高執行責任者

大沼博子……………………………ＡＩ担当理事。副理事長

新堂秋代……………………………災害・事故調査担当理事

大瀧賢一……………………………宇宙開発担当理事

吉田俊介……………………………社会動向調査担当理事

■ＩＡＰＯ

ハンナ・モラビト博士……………事務局長

■海上保安庁・巡視船ひぜん

大久保理人…………………………船長

南郷…………………………………運用指令長

菊水…………………………………航海長

1　軌道の晴れ上がり

二〇三X年三月八日・先島諸島

「船長、ドローンの回収作業、完了しました」

大久保（おおくぼ）理人（まさと）船長は、ブリッジで南郷（なんごう）運用指令長からの報告を受けた。海上保安庁第十一管区に属する巡視船ひぜん（PLH42）のブリッジのモニターには、船尾飛行甲板のカメラ越しに南郷運用指令長の姿が見えた。カメラには、クレーンで海面から吊り上げられ甲板に下ろされた、オレンジ色の全長五メートルほどの飛翔体の姿があった。胴体後部にプロペラがあり、機首にはカメラなどのセンサー類が装備されている。外観的には損傷はないようだ。

「ご苦労さん、ドローンが機位を見失った理由はわかるか？」

ドローンを担当する運用指令科の南郷とそのスタッフは海上保安庁の生え抜きではなく、中途採用の人材だ。巡視船ひぜんの本来の職域には運用指令科はなかった。巡視船で高性能偵察ドローンを運用する都合で、運用指令科が設けられ、南郷らのチームが乗り込んでいた。正確には、彼らはさるベンチャー企業からの出向者だが、雇用契約のあれやこれやの規則のため、書類の上では企業の部門ごと海保の雇人となっているらしい。

少子高齢化や高度技術人材の奪い合いの結果、自衛隊や海上保安庁も先端技術に関しては深刻な人材不足に陥っていた。南郷らのような雇用形態は、そうした現実への一つの対応策だった。

巡視船や管区司令部も船や地域が変わると、そうした外様人材と正規職員の待遇差から軋轢が起きる例もある。だが南郷らは海保の一員という意識が希薄な分だけ、幸いにもそうした軋轢は起きていなかった。

いまも彼らは回収したドローンを手際良く固定し、各種の測定器を接続する準備を進めていた。

五分もしないうちにドローンは胴体の一部が分割され、南郷のスタッフがノートパソコンを繋いでいる。国産ドローン開発という国策のため、ひぜんのドローンは制式化された装備ではない。企業機密の部分もあり、ブラックボックスに関しては南郷とそのスタッフしか手が出せない。

ただ南郷と部下は何か、深刻そうな表情で議論している。マイクの感度の関係で、内容はわからないが、「星を見失った」という言葉は聞き取れた。

「すいません。これは本格的にユニットレベルで分解しないとならないようです」

南郷の表情は悲痛なものではないが、明らかに当惑している。

「そんなに深刻なのか？」

「システムログを見ると、GPSデータと予備のスタートラッカーに無視できない誤差が生じたためのようです。

要するに有事にGPSが使えなくなった場合に備えて、このドローンは天測で自分の現在位置を計測するんです。ところが両者の座標データが狂ってしまって、搭載AIがどちらを信じるかわからなくなって、墜落したわけです」

大久保船長にとって、その説明は疑問を解消しなかった。

「座標データが狂ったから墜落するというのはおかしくないかね？　燃料切れで墜落するというならまだしも、位置がわからなくなったくらいで墜落しないだろ」

「あぁ、説明が不十分でしたね。ドローンは現在位置を見失いましたが、ひぜんの姿はカメラが察知していたんです。だからひぜんの近くで着水して回収されることを判断したんです。

座標が確定できない状態での着艦は、船と衝突して事故につながる恐れもありますから、近くで着水して回収されるのが一番安全という判断です。明後日(あさって)の方向に進んで敵に回収されては大変ですからね」

南郷はそのドローンが有事を意識したものであることを、隠そうともしない。

「ともかく、故障の原因は早急に調査します。三〇分以内に報告できるでしょう」

「頼んだぞ、運用指令長」

この時、巡視船ひぜんは東シナ海を航行していた。排水量一万二〇〇〇トンの海上保安庁最大の巡視船は、従来の巡視船と護衛艦の間を埋めるものとして設計され、二機のヘリコプターを運用できるほか、偵察用ドローン二機を任務のために使用することができた。

また従来の三五ミリ機関砲二基のみならず、OTOメララ七六ミリ砲まで搭載していた。さらにミサイルやドローン攻撃に備え、CIWSやRAMといった対空防御装備まで備えるという重武装の巡視船だった。

これほどの重武装であるひぜんの船内の職制には、巡視船には珍しく砲術科が置かれているほどだ。

これは領海問題に対する海上保安庁の一つの回答だった。従来型の巡視船では対応できない事態が生じた時、護衛艦の投入となれば、事態は急激にエスカレーションしかねない。そうした事態を避けるために、一昔前の護衛艦並みの武装を施した巡視船が開発され、配備されたのだ。

重装備の防御火器の搭載の意味を別の形で表現するなら、巡視船ひぜんの投入により可能な限り眼前の問題を解決するためだ。

つまり他の巡視船の支援を行うことがひぜんには期待されており、その意味では単独活動ということはあまりない。ひぜんが最前列に出ることで、領海侵犯を試みる外国艦船が針路を変更することは何度もあった。

もっとも二等海上保安監の大久保船長は、そうした外国船舶の行動を、期待した通りの抑止効果が発揮されたためと楽観はしていない。挑発に見える行動の真意が巡視船ひぜんの性能調査にあるようにも見えるからだ。

さらに彼のような海上保安庁で高位の幹部が船長であることからもわかるように、行動に自由裁量が認められていると同時に、その判断には重い責任が伴った。

頭が痛いのは周辺国への対応だけではない。巡視船ひぜんは、その高性能から政争の具にされかねない恐れがあったからだ。たとえば有事における海上保安庁と海上自衛隊の関係も、「有事には協力する」レベルの議論で止まっていた。

　そのことは巡視船ひぜんの設計にも影響していた。現在のように帝国海軍の軍艦の如き威容とともに、意図的にレーダー反射面積を大きくし、その存在を相手に報せるものと、必要ならば海上自衛隊傘下の事実上の護衛艦として運用するために、レーダー反射面積を最小にする直線を基調としたものの二案が議論された。

　後者のデザインは採用されなかったものの、こうした議論が政治の分野で語られ始める現実があった。巡視船ひぜんをどのように運用するのか、その議論の流れによっては自分たちの任務も変わる。それは邦人の避難誘導かもしれないが、敵ミサイルを迎撃する洋上砲台となる可能性もあるのだ。

　大久保船長には大きな自由裁量が与えられているといっても、それとて上からの命令次第なのだ。南郷らの国産ドローンの開発も、単なる起業家支援にとどまらず、安全保障上の意味があった。


「すいません。航海長にお願いがあるのですが？」

　回収から三〇分としないうちにブリッジに隣接する指揮所に南郷が現れた。自分への報告かと思った大久保は、南郷が菊水航海長を探しているのが意外であった。

ブリッジは普通の船舶の構造だが、隣接する指揮所は窓のない小部屋で、四面を大型モニターで囲まれ、船の幹部用の情報端末が入口から見て左右の壁際に並んでいる。

部屋の中央には海図台と呼ばれている小さなテーブルがあるが、海図はモニターに投影されており、台上にあるのは金属製のコーヒーポットとやはり金属製のカップであった。

指揮所も巡視船ひぜんの立ち位置を曖昧にしている部署で、護衛艦ならＣＩＣと表記されているような存在だ。ただ護衛艦のように防衛省のデータリンクと連携はしておらず、あくまでも情報はひぜん内部で閉じている。必要に応じて防衛省のデータリンクと接続可能な能力は備えていたが、使う使わないは政治の問題である。

「俺に運用指令長が？」

巡視船の事実上の次席が航海長の菊水だった。大久保船長との当直交代の時間はまだ早かったが、時間前に待機しているのが菊水という人なのだ。

「天測ってできます？」

「天測って、運用指令長、六分儀を使うあれか？」

大久保が話に割り込む。それほど南郷の考えがわからない。

「そうです、船長」

「いまどき六分儀なんて使わんぞ、運用指令長。ＧＰＳがあるだろ」

菊水航海長も南郷が何をしたいかわからない。

「でも使えますよね、戦闘訓練でＧＰＳが使えなくなった時に天測してたのは覚えてます」

「何をしたいんだ？」

大久保船長は菊水の疑問を代弁する。

「ドローンの故障原因です。スタートラッカーの不調だと思うんですが、ちょっとどこの故障かわからないんです。なので航海長に六分儀で正しい座標計測をしてもらえば、スタートラッカーの計測データとの違いから不都合点が割り出せるはずなんです」

「なるほど。ドローンのスタートラッカーはいまも動いてるの？」

「ええ、ユニットは取り出して、ブリッジ横のウイングに設置しました」

「いいですかね、船長？」

「訊くまでもないだろう、やってくれ」

大久保船長がいうと、航海長は海図台の引き出しから木箱に入った六分儀を取り出す。使い込まれているのがわかったが、新品のように磨かれてもいた。菊水は六分儀を持つと、ブリッジ両脇のウイングに移動し、天測を開始した。計測を終えると関数電卓で必要な計算を行う。

「北緯二四度三〇分三六秒、東経一二五度二八分一一秒、宮古島の南だ」

「ちょっと貸してくれないか？」

大久保も菊水から六分儀を受け取る。こんな物で天測をするのは何年振りか。それでも使い方は身体が覚えていた。そして計測結果は航海長と同じであった。

「どうだ、運用指令長、スタートラッカーの故障の原因がわかったか？」

しかし、南郷は青ざめた表情を見せた。

「スタートラッカーの計測データも同じです。本船は宮古島の南にいます」

「どういうことだ？　スタートラッカーが正常なのに、どうしてGPSと違った結果になる？」

大久保に対して南郷は、言葉を選ぶように返答する。

「アメリカがGPSにスクランブルをかけているという情報はありません。実はスタートラッカーとGPSのデータ誤差は広がる一方なんです」

「つまり？」

「GPS衛星からの電波の異常です。ジャミングなりスプーフィングが行われているのではないでしょうか？」

うんだ」

「馬鹿を言うなよ。周辺には船も飛行機もいないんだ。誰がGPSの電波に干渉するとい

大久保はそれを一笑に付した。GPS信号への干渉などあり得ない。ドローンを墜落させるためとしても、もっと方法があるだろう。じじつそれから数分後に、ドローンのスタートラッカーユニットとGPSデータの不整合は嘘のようになくなった。

「何か一時的な不調だったんだな」

大久保船長はそう判断した。それが間違いであると知るのは、それほど先のことではなかった。

二〇三X年三月一〇日・第四宇宙作戦隊

「夜食をお持ちしました」

深夜、航空宇宙自衛隊宇宙作戦群第四宇宙作戦隊の本部に、今宮周平空曹がワゴンを押して入ってきた。そこにはコーンスープの入った保温容器と、トレーに並べられたサンドイッチがあった。

「もう、そんな時間？」

観測班長の加瀬修造三等空尉は、目の前のコンソール画面から視線を移す。彼のデスクの前には大型の有機ＥＬモニターが三つ並び、それがさらに上下二段と六個並んでいた。少し前にネット配信番組の取材クルーが来たが、「自衛隊というよりデイトレーダーですね」と言ったほどだ。

彼らは冗談のつもりだったかもしれないが、加瀬は案外当たっていると思っていた。軌道上の物体の移動パターンから、それが次にどう展開するかを予測する。その予測なるものは然るべき理論で導いているかのように他人には説明するものの、実態は感情と経験が中心だ。株価の予想と大差ない。

それに株価の動きも、軌道上の物体の動きも、ミクロな予想は外れてもマクロな予想は概ね合っている。

「班長は衛星の動きは見ても、時計は見ないんですか？」

そう言いながら今宮は、本部に残っている当直の四人に夜食を運ぶ。

「衛星と時計の両方を観察するほど器用じゃないんでね。それより今宮さんこそ寝てるの？」

「この歳だと睡眠時間も短くてね」

彼はコーンスープを入れたカップを加瀬の机の上に置く。班長はデスク三つを占領できたが、文書は電子化という主義なので、机の上にはモニター以外に物はない。カップの置き場所には苦労しない。

昨今の自衛隊は人手不足もあって、海自の艦艇部隊を除けば、基地の食事は民間に外注するのが当たり前だった。人手不足による職域整理により、給養員の養成機関が廃止された結果だ。

そうした中にあって宇宙作戦群は、同盟国・友好国との情報交換が日常茶飯事であるため機密管理が厳格で、例外的に部隊内で給養員が食事を作っていた。それが今宮空曹だ。彼は定年まで航空宇宙自衛隊に籍を置いていたのだが、すぐに宇宙作戦群に再雇用された。

今宮のような、いわゆる就職氷河期世代では正規雇用された人間が少なかったため、十数年前から官民問わず技能経験や管理経験を積んだ人材の不足が社会問題化していた。状況はこんにちに至るも解決していないが、ＡＩの導入と高齢者の継続雇用で何とか現場は回っていた。今宮の再雇用にはそうした背景があった。

「それより班長は寝ないんですか？　あなただって若者って歳じゃありませんよ」

請われて空自に再雇用された立場であることと、加瀬がＪＡＸＡからの特定任期付制度による出向者であるためか、今宮の態度は幹部に対する緊張感を欠いているように見えた。

もっとも加瀬自身も、そちらの方が話しやすかった。任期が終わればＪＡＸＡに戻ることになっていたからだ。空白とＪＡＸＡの両方のことがわかる人材が必要という事情のためだ。

「ベッドに戻ったって、どうせ寝られやしないからな」

「何か起きてるんですか？」

今宮が加瀬の目の前にあるモニターを眺める。

「言うまでもないが他言無用だぞ」

「わかってますよ、班長。だいたい施設の外にほぼ出られないのに、他言も何もありませんん」

今宮は本部に自由に出入りできることからもわかるように、機密管理については実はかなりの権限を持っていた。再雇用前に従事していた職務の関係らしい。それが何なのか今宮は語らないし、加瀬も尋ねない。

「簡単にいえば、説明不能な何かだ」

「そんな話、人に言えませんよ。シフォンケーキもありますけど食べます？」

「甘いもので釣ろうというのか、そういうのは感心しないな」

前職がどういうものかはともかく、今宮の料理の腕は一流だった。なので加瀬はケーキを注文した。

「二日前に海保の巡視船ひぜん搭載のドローンが墜落した。原因はナビゲーションシステムのトラブル。GPSと天測装置を併用する構造で、天測装置の感度設定が鋭敏すぎたので、GPSのデータ誤差で機位を失して墜落した」

「それ、宇宙作戦群と関係があるんですか？」

「天測装置の感度は表向きの理由。本当はひぜん周辺空域でGPSを構成するナブスター衛星の電波に、外部から干渉された可能性がある」

今宮の表情が急に真剣なものになる。この男の本当の任務は食事の準備ではなく、宇宙作戦隊の幹部の監視じゃないかと加瀬は思うことがあった。

「周辺に船舶とか航空機は？」

「それがあれば海保の管区司令部経由で海自に話が行ってるだろう。空曹はGPSへの干渉方法を知ってる？」

「近くから直接電波妨害するジャミングと、対象物の近くでナブスター衛星からの識別信号を受信し、その識別コードを使って、より強い電波で誤ったコードを送るスプーフィングでしたっけ？」

「正解だ」

加瀬は今宮に言うが、給養員が知ってる知識じゃないよな、と内心思っていた。

「しかし、さっきも言ったが周囲には船舶も飛行機も、ドローンさえ飛んでいない。そもそもそれらがいないことを確認するのが墜落したドローンの役割だ。

だとすれば消去法で、ＧＰＳへの干渉は宇宙で行われたことになる」

「何か怪しい衛星でも？」

今宮は適切すぎる質問をしてきた。ある程度の専門知識がなければ、この質問は出てこない。

「そこだ。問題の時期にひぜん上空付近を通過した衛星は、機能停止した我が国の観測衛星だけだ。スラスターも動かなければ、バッテリーの寿命で通信機も何も作動しない。

ところがこの観測衛星、かなりの高高度に位置していて、墜落したドローンの活動範囲と巡視船の上空にしばらく影響を及ぼせる状況だった。そしてナブスター衛星の一つも近い領域を通過していた」

「ナブスター衛星からの電波が問題の観測衛星の近くを通過するので、そこで電波干渉した！」

「と、思うだろ。ところが察知される範囲で、観測衛星から電波は発信していない。さらに厄介なのは、この機能停止状態の衛星が軌道を変化させているということだ。どんどん高度を上げている」

「機能を停止した衛星なのに、高度を上げるってどういうことです？」

「俺が知りたいよ、そんなことは。不思議なことはまだある。作戦隊のレーザーレーダーで問題の観測衛星を監視していたが、軌道がおかしいのは衛星だけじゃない。周辺のデブリも影響を受けている。レーザーレーダーで計測するから相違がわかる程度の微細な動きだが、動きは動きだ」

「誰かが衛星にモーターか何か取り付けて、その噴射の影響ですか？」

「その可能性もある。報告するならそっちの方が通りやすいだろうな」

「ということは、それも事実ではない？」

やはりこの男は給養員ではなく、こうした分野の専門職をしていたのではないか。加瀬はその思いを強くした。

「まずデブリの動きがおかしい。噴射の影響なら衛星から離れる方向に動くはずだが、実際は逆だ。衛星に向かって集まるような動きを見せている。より正確には、移動する衛星を追跡するようにね」

「磁場とか、電場とかの影響ですか？」

今宮は配膳そっちのけで、話に前のめりになる。

「デブリの動きだけならそう解釈するところだ。それでは巡視船のＧＰＳの異常問題が説明できない。一つの仮説を除いてな」

「うーん、わかりませんね。何ですか？」

「突拍子がなさすぎて報告できない仮説だが、非常に小さなブラックホールか何かが地球表面をかすめ飛んだ。あるいはすでに地球の衛星になっているかもしれん。

　だからデブリが移動し、ナブスター衛星の電波に重力の影響で遅延が起こり、座標が狂った。ストーリーとしては一番筋が通る。ざっとした計算でも矛盾はない。しかし、そんなブラックホールが地球の近くを通過する確率は、天文学的に低い」

「それでもしもブラックホールが地球の衛星になったりしたら、地球が飲み込まれるってことですか？」

　ブラックホールという単語に、今宮は明らかに興味を失ったように見えた。

「いやブラックホールといっても、地球の質量の一億分の一とか一兆分の一というレベルの小さなものだ。それくらい小さいとホーキング輻射（ふくしゃ）によって物を吸い込むより粒子を放出する方が優勢になる」

「えっ、それじゃあ、そのブラックホールはいずれ痩せ細って消えていくんですか？」

「その通りだ、だから心配はいらん」

現実にホーキング輻射を起こすようなブラックホールなら消滅時に大爆発を起こすことになるが、加瀬はそれを今宮に説明するつもりはなかった。むしろ彼の理解力に驚いた。JAXA勤務の時でさえ、この手の話をしてブラックホールの消滅という結論を導いた人間は多くない。

「まぁ、ナノサイズのブラックホールが接近するという確率は無視していい。そうなると原因不明だ。つまりこうした事態を招いた何か重要な要素を見逃しているわけだ」

「だから寝られないわけですか」

「寝たら仕事の夢を見るんだ。起きているのと変わらんだろう」

加瀬修造のいる航空宇宙自衛隊宇宙作戦群第四宇宙作戦隊は、岡山県井原市美星町の山中にあった。本部と第一分室、第二分室の計三ヶ所の施設からなる。各施設には八〇センチ反射望遠鏡が設置され、同一目標を数キロ離れた三つの望遠鏡で観測することで、正確な高度や運動速度だけでなく、立体形状も分析することができた。

第四宇宙作戦隊の本部棟にはレーザー光線照射機があり、これにより軌道上の微細なデブリに対して強い光圧で減速させ、大気中で消滅させる研究も行われていた。

この研究には、標的衛星にレーザー光線を照射することで、レーザーレーダーとして塗装の厚みレベルの精度で形状を分析することも含まれていた。

また衛星攻撃兵器の開発は行なっていないという建前から直接的な研究項目には含まれていないが、こうしたレーザーで日本上空の写真偵察衛星の画像センサーを無力化することも理論上は可能だった。抑止力なら、技術的に可能であることを示せば十分という考えによるものだ。

こうした望遠鏡やレーザーレーダーにより、国境を越えた広範囲な宇宙情報を収集することが可能だった。

これらの研究は公開できる範囲で、海外の宇宙関連学会にも論文発表されていた。その意味は、キラー衛星の実験などという痛くもない腹を探られないためというのが半分、日本上空を通過する衛星は丸裸にするという抑止力としての情報公開が半分だ。

「班長のあんたが休まなかったら部下も休めない」

今宮空曹の助言に従い、加瀬は一時間ほど仮眠をとることにした。確かにこの異変は長丁場になりそうだ。ならばこそ無理はできない。とはいえ人材不足の昨今、特殊な知識を要求されるこの部隊に増員は期し難い。どうすればいいのか……。

異変が心配で仕事が夢の中に出る、と思っていた加瀬だったが、仮眠室で横になってからの意識はなかった。スマートウォッチのタイマーで起こされ、時間を確認すれば一時間が経過していた。

加瀬が仮眠室から出ると、班長補佐の長嶋和穂（ながしまかずほ）三等空尉が手をあげる。ここでは数少ない女性幹部だ。

彼女も加瀬同様の特定任期付制度による幹部組だったが、ＪＡＸＡではなく国立天文台の人間で、やはりいずれ元の機関に戻ることになっていた。

米空軍が宇宙監視に合衆国内の天文台との連携を強化したことを受けて、防衛省も日本国内の天文台との人的交流を強化したが、その流れで彼女はここにいた。

天文学とコンピュータによる情報処理技術が不可分なのは二〇世紀から明らかだったが、二〇二〇年代にはその傾向は著しく強まっていた。理由は衛星インターネットを成立させる低軌道衛星群の急増にある。膨大な数の衛星により、すでに地球ではどこでもネットに接続できるようになっていたが、夜空は衛星によって明るくなった。

このことで地上の天文台の観測は大きな影響を受けた。それに対する回答の一つは高軌道に打ち上げた宇宙望遠鏡であり、もう一つは長時間観測したデータからスーパーコンピュータによる画像解析技術を用いて、それら通信衛星の影響を除去するという方向だ。これは宇宙望遠鏡からのデータ補正でかなりの再現性を得ていた。

すでに幾つかの天文台の望遠鏡が連動して、同じ天体を観測し、それらのデータから衛星やデブリの影響を除去するような画像処理が、天文学では当たり前になっていた。

ただこれで問題が解決したわけではない。そこは世界各国の天文台事情も関係している。確かに同一目標の観測で、無数の通信衛星の影響は除去できるが、同一目標を観測してくれる海外の天文台を見つけるのは容易ではなかったためだ。つまり協力者は研究の競争相手でもあり、こちらの手の内を明かさねばならないからだ。

さらに国際環境によっては協力関係の難しい国もあり、優秀な人材でも天体観測ができないという笑えない状況が起きていた。

長嶋は画像解析の第一人者であったが、こんな事情で宇宙作戦群に特定任期付制度の適用対象者として出向となったのだ。

「宇宙作戦群でお勤めを果たしたら、二階級特進で天文台に戻る」と公言していた。天文台に戻って階級が上がれば、色々と自由度が増えるからだ。

じっさい仕事は部隊随一で、正直、彼女の方が自分よりも班長に適任と思うのだが、防衛省の考えは違うらしい。

長嶋は頭の上で手を振りながら、中腰で加瀬のモニターを操作していた。

「班長、ちょっと尋常じゃないことが起きてる」

モニターに表示されているのは、見慣れた衛星軌道図ではなかった。何かの天体のようなものが映っている。第一印象はボケたサツマイモの写真だった。

加瀬といえども通常監視任務の八〇センチ望遠鏡を勝手に動かせない。軌道監視の要であり、勝手な真似をすれば始末書ものだ。無論それは長嶋も同じである。だが画面をよく見ると、どこか海外の天文台からのデータらしい。

「どこの？」

「ハワイです」

長嶋にとって、それだけでどこの天文台かの説明は終わったらしい。

「ＮＥＯの２０２５ＦＷ０５です」

加瀬がＪＡＸＡの人間なので、長嶋は説明なしで専門用語を使う。さすがにＮＥＯが地球近傍天体（Near Earth Object）の略称くらいはわかるが、２０２５ＦＷ０５については隣の端末で急いで検索する。基地内は私物スマホの使用厳禁なので、こういう時に不便だ。大きな基地なら官給品のスマホがあるが、第四宇宙作戦隊の規模ではそんなものはない。

検索結果はすぐに出る。二〇二五年に発見された小惑星で、地球から五〇〇万キロ離れている。差し渡し五〇〇メートルほどあるという。地球に衝突すれば文明を一掃してしまう破壊力を持つが、最新の軌道予測ではその可能性はほぼないらしい。この数百年ほど月と地球の間を放浪してきたと分析されていた。

「地球にぶつかるの？」

それは加瀬の冗談だったが、長嶋は笑わなかった。

「可能性はなくはないです。それ以上に天体運動として説明がつかない。一連のデブリ騒動と同じです。

デブリを監視している天文学者はアメリカの一部を除けばあまりいませんが、NEOの観測はアマチュアを含めかなりいるんです。そうしたコミュニティでは今朝、あぁ、もう昨日か、ともかく一八時間前からこの天体の話題で持ちきりです」

「具体的に何が？」

「観測範囲でデブリは高度を上昇させています。ですが、この小惑星は高度を下げようとしています。現状の軌道解析での予測ですが」

航空宇宙自衛隊の宇宙作戦群は組織を急速に拡大し、同盟国や友好国の空軍との情報連携では経験を積んだものの、それ以外の航空宇宙部門との連携はほとんどできていない。

特に海外の天文学者との情報交換は、長嶋のような同業者の人脈頼りという現実があった。ある意味、政府や防衛省周辺から「軍人らしくない」と陰口を叩かれながらも、宇宙作戦群が外部からの民間人材に頼るのも、こうした情報交換チャンネルの少なさにあった。

「明らかに人為的な現象ですね」

長嶋はそう断じたが、加瀬にはいま一つ確信が持てない。

「小惑星を移動させるようなことが、誰にできるんだ？　不可解な現象だけど、人為的という理由は？」

「先日のひぜんの時も、機能を停止した観測衛星が軌道を変えています。でも、活動中の衛星ではそのような現象は見られません。機能停止衛星も含め、軌道変更が行われているのは、すべてデブリだけです。自然現象だとしたら活動の有無で軌道が変わるのは不自然です」

加瀬はモニターを凝視しながら、長嶋の仮説を考える。

「どういう技術なのかはともかく、２０２５ＦＷ０５やデブリを動かせるというのは何者かの無言の恫喝かもしれない」

「恫喝とは？」

「小惑星衝突のような文明崩壊はともかくとして、デブリ移動のメッセージは明らかだと思う。これを実現している国家かテロ組織は、活動中の衛星軌道も変えられる。物理的には同じ技術だ。

ひぜんの事例はちょっとした実験に過ぎず、相手がもしもナブスター衛星の軌道に大規模な干渉を加えるようなことがあれば、GPSは成立しない。それだけでも社会は大混乱だ」

「班長、熊谷(くまがや)本部に連絡しますか？」

「いや、まず隊長に報告だ。あとは彼の仕事だ」

二〇三X年三月一〇日・宇宙作戦群本部

宇宙作戦群本部は当初は調布に置かれていたが、規模の拡大に伴い航空宇宙自衛隊熊谷基地に移転していた。ここは術科学校や教育群が置かれており、現在のように幹部要員の多くを外部機関からの特別任期付制度による出向者に頼る状況からの脱却を図るために、宇宙関連の技術訓練や教育が行われていた。

また有事における衛星通信の中枢となることも期待されており、これに伴い従来の移動通信隊の編成も強化されていた。

ただし宇宙作戦群本部は熊谷基地の有力な部隊ではあるが、あくまでも基地の所在部隊という立場であった。

この時、宇宙作戦群本部の群司令官は八島隆一(やしまりゅういち)空将補であった。群司令官が一等空佐ではなく空将補であるのは、現在の宇宙作戦群が宇宙作戦団に昇格する計画があるためだった。

「美星からの緊急報告です」

仮眠を終えた八島群司令官に、そう報告に訪れたのは宮本未生一等空佐だった。美星とは第四宇宙作戦隊のことだ。

八島群司令官の執務室は企業の役員室のような内装だった。モニターとキーボードはあるが、ほとんど使われることはない。そうした機材の整った本部指揮所は隣にあるし、作戦群本部の職員は官給品のスマホがある。

「補佐直々って、何があった？」

「現段階では目立った問題は起きていませんが、早期に対応しなければ重大問題に発展する案件です」

宮本一等空佐は八島の群司令官補佐だった。他の部隊なら准曹士先任などの役職が就くのだが、同盟国・友好国との連絡も多い部隊であるため、防衛大学校卒の幹部である宮本が補佐として就いている。

宇宙作戦群司令官補佐が重責なのは、自衛隊の女性自衛官の中で将と将補二人に次いで彼女が序列四番目であることからもわかる。

八島はもともと宇宙に興味があったわけではなく、将来の軍事システムを考える中で宇宙が重要と結論し、その方面への働きかけで現在の地位にある。

対して宮本は、宇宙飛行士になるために空自に入った人物で、語学や航空宇宙に関する専門知識は八島以上だった。そんな彼女がわざわざ口頭で報告に来るというのは、厄介な問題であることを意味している。

「第一報は美星からですが、府中、防府、男鹿、大樹町、宮古島の各作戦隊も確認しています」

宮本がそういうと、八島のデスク上のモニターに概要をまとめたものが表示される。

「うちは気がつかなかったの？」

八島にとっては報告内容もさることながら、美星で発見したことを本部スタッフが察知できていないことの方が深刻だった。

「主たる監視対象が違いますから。我々は活動中の衛星の監視です。美星はデブリの監視が主な任務です。機能を停止した衛星も含めて」

「とはいえ、本部にもレーザーレーダーや八〇センチ望遠鏡はあるだろう」

「美星の隊長の肥後橋（ひごばし）はともかく、加瀬はＪＡＸＡ、長嶋は国立天文台、同じ空を見ても我々とは目に入るものが違うんです。

それより、これからどうするかです、重要なのは」

八島もそこで気持ちを切り替える。

「朝一で統幕議長に報告するので書類をまとめてくれ。たぶん今日中に国家安全保障会議の案件となる」

「いきなりですか？」

それには宮本も驚いたらしい。統幕議長への報告だけならまだわかるが、安全保障会議となれば報告者だって相応の覚悟がいる。現状はまだ最悪の事態が起こり得る可能性にすぎないのだから。しかし、八島はそれが必要と判断していた。

「確率と期待値の問題だよ。

仮説が間違っていて何もなかったなら、無駄な出費が生じて、自分が腹を切れば済む。

しかし、予想通りの最悪の展開を迎えれば、世界経済の破綻や世界規模のサプライチェーンの麻痺になりかねない。飢餓や政変が世界規模で波及する。

だとすれば、我々の予測が的中する可能性が低いとしても、対策を講じる価値はある」

「確かに加瀬が言うようにＧＰＳの異常は、世界のサプライチェーンに多大な影響を及ぼすでしょうが、ウクライナ戦争以降、日本も含め多くの国は代替策の準備を進めています。ですから影響は比較的限定的では？」

「物流に限ればそうだ。しかし、自分も最近知ったのだが、ＧＰＳの影響は多岐にわたる。補佐も知っての通り、ナブスター衛星は原子時計だ。軌道が明確な複数の衛星から電波を受信し、それぞれの時刻のずれにより、受信地の座標を特定する。

ところがこうしたＧＰＳを位置の特定ではなく、正確な時刻計測の手段として用いているコンピュータシステムが少なくない。時刻のずれで座標を特定できるなら、既知の座標ではＧＰＳから正確な時間を割り出せる道理だ。誤差は一日四〇ナノ秒以下だ。

これを産業界が積極的に活用している。送電網の電力最適化が行えるのも、正確な時間計測を用いた送電網の負荷を追跡管理できるためだ。あるいは金融機関は正確な時間計測のおかげで金融決済の正当性確認が迅速に処理できるようになった。そして金融市場は世界規模の決済を同時に動かせる。

携帯電話のパケット通信の中継機の引き継ぎにもＧＰＳは使われている。その他様々な分野に時計としてのＧＰＳが重要な役割を担っている。いま言った三つの用途の一つだけでも使えなくなれば、社会は大混乱に陥るだろうし、現実には三つすべてが起こる」

「大規模停電が起こり、金融は麻痺し、スマホも使えない。本当にそれを実行すれば、戦争行為と解釈されても文句は言えませんね。

ですが、加瀬の分析が正しいなら、何者がこうした作業を行なっているのかが問題となますね。

案件の大きさから判断しても、国家規模の力がなければ無理でしょう。しかし、それだけの技術がある国なら、GPSの混乱で自国も惨劇を免れないことも理解しているはず。となれば核戦争を実行するレベルの決心が必要となりますが、国際情勢はそこまで悪化はしていない。

一方で、テロ組織が社会混乱を引き起こすためにこうした犯罪行為を行う動機はありえます。ですが、これだけのデブリや機能停止衛星を移動させるだけの技術力を持つテロ組織があるとも思えません。仮にそうした組織があったとしても、テロ行為が成功すれば、それにより生じる混乱から自分たちの組織も機能不全に陥るはずです」

八島には宮本の意見はそれなりに妥当なものと思えたが、視点の相違は感じていた。もっとも、だからこそ補佐役となるのだが。

「デブリや衛星の移動を実行しているのが何者であり、その意図が何であるのか、それをここで議論しても仕方あるまい。我々が把握しているのは軌道転移現象だけだ。外交分野やサイバー攻撃などで動きがあるのか、無いのか、それすらもわかっていない。

確実に判断できるのは、すべての情報を把握している組織だけだ。

我々はあくまでも自分たちの職域の中で最善を尽くすだけだ」

「わかりました、報告書はまとめます。

確かに司令官の方針は公務員としては立派なものだと思います。しかしながら、補佐として言わせていただければ、もっと積極的に動いて良いのではないでしょうか」

宮本はいつになく強い調子で八島に迫る。

「積極的とは？」

「宇宙作戦群司令官として、統幕議長に対する発言権を確保するようなことです」

「待ってくれよ、いまの統幕議長は陸上幕僚長で、統幕副長は海上幕僚長だ。補佐の意見は、航空幕僚長を差し置いて、直接、陸海の幕僚長に助言しろと言うのか？」

「前例はないでしょうが、禁止されてもおりません。そしてそれが我が国の安全保障上必要なら行うべきです」

「宮本君……何を考えているんだ、というより自分の言ってることの意味がわかってるのか？」

「それが非常識な意見であることも含め、十分承知しております。

司令官もおわかりでしょう。いまは従来型の軍備とは別にサイバー戦や宇宙戦が安全保障の重要な要因となっています。そして現実は宇宙抜きのサイバー戦は存在せず、サイバー戦抜きの宇宙戦闘もあり得ない。それはよろしいですか？」

「原則としては同意する。それは防衛省の公式見解でもある。まぁ、宮本君ほど直接的な表現ではないが」

そう言いながらも八島は、宮本の発言に不穏なものを感じていた。

「ありがとうございます。

宇宙とサイバー空間が今日的な主戦場であるならば、自衛隊のトップもそうした部門の専門家でなければならないはずです。しかし、現実はどうでしょう？

陸自のサイバー部隊の隊長が、幕僚長はおろか陸幕にさえなったことはない。サイバー攻撃が、一国の安全保障に深刻な脅威となるとか言っているにもかかわらずです。陸自のサイバー部隊のトップはいまだに一等陸佐です。陸将補でさえない。

同じことが宇宙作戦群にも言える。司令官こそ空将補ではありますが、失礼ながら空幕にはなれそうもない。自衛隊の幕僚部へのキャリアパスの中に、サイバー部隊もなければ宇宙作戦群もない。

それが一国の命運を左右するなどと言いながら、それらの部隊指揮官には自衛隊トップの椅子はないわけです。この状況を放置するのが安全保障に関わるものとして正しい立場でしょうか？」

八島には、宮本が珍しく人事の問題に言及したことが驚きだった。そうしたことには関心のない人間と思っていたためだ。補佐という人間の意外な一面を知ることができたものの、司令官という立場では発言を看過するわけにはいかなかった。

「司令官の立場として防衛省人事について分不相応な意見を持つつもりもなければ、働きかけるつもりもない。さらに補佐は小職の任務の支援を行う職種であり、それ以外の提言は無しにしてもらいたい」

八島の態度に宮本は動じなかった。そうした反応を予想していたためだろう。

「了解いたしました。報告書作成にかかります。三〇分以内に司令官と補佐の共有フォルダーにファイルを入れておきます。ところで、この報告書はイージーには転送しますか？」

厄介な話の後だけに、宮本のいうイージーが何の意味なのか八島もすぐにはわからなかった。イージーに扱えるような問題ではないだろうと思いつつ、イージーとは安易さの意味ではなく組織名であることを思い出す。いまはイージーではなくＮＩＲＣだったはずだ。

「ＮＩＲＣにはこちらから送る必要はないだろう。統幕監部から転送されるはずだ」

「必要と判断されれば、ですね」

「そうだ」

八島は、この短いやりとりが運命の分岐点だったと後に知ることになる。

二〇三X年三月一〇日・ＮＩＲＣ

ＮＩＲＣこと国立地域文化総合研究所（National Institute of Regional Culture）の本部は東京都国分寺市にあった。都内でもっとも岩盤が強固なのが国分寺市であり、大震災などから貴重な収蔵品やコンピュータシステムを守るためだ。

あまり知られていないが、どこの省庁にも縛られず、内閣危機管理室直属のこの機関は、有事には政府の通信拠点の一つとなり、電子政府のバックアップもここに置かれていた。国の重要機関ではあるが、外観からはそれほど重要なところとはわからない。まず施設の建物は、人口減少で廃校になった小学校を耐震補強の末にそのまま活用していた。施設の重要部分の工事は、この耐震補強に合わせて行なった。この時にグラウンドを活用した庭園の外構工事の陰で大規模な地下施設も作られていた。

国立地域文化総合研究所の前身は統合地球文化研究所（Institute of Integral Geocultural Research）で略称がＩＩＧだったが、口の悪い連中はイージーと呼んでおり、ＮＩＲＣに発展的に解消したいまでもイージーと呼ぶものがいた。

大沼博子（おおぬまひろこ）はＮＩＲＣの幹部職員であった。彼女個人の研究はＡＩと人間のコミュニケーションであったが、幹部職員のＡＩ部門担当理事として、文化人類学セクションとの合同で、ＡＩが社会に及ぼす影響を総合的に研究するプロジェクトの統括も行なっていた。国際的にも評価の高い研究で、世界各国の研究者も国分寺のここで働いていた。彼女自身も故あっていまはアメリカ合衆国の市民である。

博子は夫と娘とともに小金井市のマンションで暮らしていたが、職場までの二キロほどをビアンキのロードバイクで通勤している。二キロくらいなら自家用車よりも自転車の方が早く着くし、身体を動かすのは好きだった。

朝の六時半、研究所のゲートに設置されたカメラは遠くから博子の姿を捉え、その身体運動のパターンから本人認証を済ませており、彼女の進行に合わせてゲートを開き、自転車が過ぎ去ると閉鎖した。

「おはようございます」

博子は警備員に挨拶し、カメラに視線を向ける。この時点でカメラは彼女の顔面の毛細血管パターンにより本人認証を終えている。

「おはようございます。大沼さんは毎朝早いですね」

「早朝の方が道も混まないからね」

博子はいつもの会話を交わす。これさえも入出管理ＡＩは会話パターンを記録する。それは外部に開示されないが、会話パターンに明白な変化があれば、監視カメラは施設内の挙動を優先的にマークする。

会話パターンの変化の理由まではAIは推測しない。テロや犯罪行為を犯さない限り、システムは監視以上のことはしない。ただ過去にマークしていた職員が心筋梗塞や脳梗塞を起こした事例があり、大沼傘下のチームの中にはAIに健康管理の機能を織り込もうとしているところもある。

朝の所内は静まり返っていた。職員の大半は出勤前であるのと、目立たないが施設内はセクションごとに独立しており騒音は外部に漏れないからだ。

昨今は壁にレーザー光線を当てて、反射波の変調から内部の会話を盗聴するくらいは当たり前に行われている。だから騒音対策はそのまま防諜対策でもある。

ただ施設内を移動する分には、機密管理された部屋が多いという印象を職員は感じないようになっていた。機密性の高いセクションに入るためのドアは、通常は壁と一体化して見えないからだ。そうした入口は機密管理の権限が高い人間の前にしか現れない。それもその部屋に入ろうとする時だけだ。

監視カメラはそうした身体の動きから職員の意図を推測し、適切と判断すると、周囲に機密管理権限の低い職員がいない時だけドアの姿を顕在化させる。

いまも静かな廊下の壁にドアが現れ、扉が開く。ＡＩは博子の入所時より追跡しているので、本人認証は終わっているからだ。

彼女の部屋は五階の南向きの角部屋という見晴らしの良いところだ。小学校時代の教室の半分が彼女のフロアとして与えられている。そこは三六〇度の眺望が得られたが、すべて高解像度モニターに映された外の景色だ。機密管理の関係で、部屋としては入口以外は密閉されている。

博子がこんな時間に出勤するのは、家族との時間を確保するよう退社時間を遅くしないためと、海外拠点からの連絡などがあるためだ。可能であれば就業時間前にやり取りを終わらせたいような案件もあるのだ。

しかし、この日、博子がワークステーションを立ち上げて目を細めたのは、宇宙作戦群本部からのメールがあったからだ。

ＮＩＲＣは強い調査権が与えられており、各官庁も情報提供を要請されれば基本的に断ることはできない。国家機密が関わる重要案件の場合は提供を拒否できたが、その場合でも理由の説明が必要だった。これは防衛省や警察庁なども例外ではなかった。

それでも各官庁がＮＩＲＣに協力的なのは、他省庁の動きを知るには彼らの協力が必要で、調査を拒否すると情報提供を止められる恐れがあるからだった。もちろんそうした情報提供の拒否という強硬な手段を用いた時には、ＮＩＲＣの所長や担当理事には相応の説明責任が伴ったが。

なので基本的に各省庁からのメールは、こちらから照会した案件への返事の形が多かった。官庁側の各部門発でＮＩＲＣの特定部局に送ってくることは少なかった。

さらにこのメールが異例なのは、それが自衛隊の部隊から送られてきたことだ。通常は防衛省から送られるか、自衛隊だとしても統合幕僚監部からの報告になる。

博子は内容を確認する。ほとんどがテキストで、簡単な図表が幾つかあった。

「何なのよ、これは……」

博子はメールの中の数値データを自分の作業用ＡＩに食わせてみた。メールの送り主自身による分析はあったが、検証のためだ。ＡＩは一秒としないうちに結果を出す。

「データに誤りがあるか、不十分です。このデータだけではエネルギー保存則が成立しません」

「だよねぇ」

博子はＡＩに対して呟く。そして安全な回線を通じて先方の端末を呼び出す。リモート会議用のウインドウが開いている。先方には博子の姿が映っているはずだが、相手の姿はまだ映らない。そしてやっと相手が現れた。

「誰かと思えば、宮本大佐か」

　画面に映ったのは、司令官補佐の宮本一等空佐だった。

「その大佐ってのやめて」

「大佐殿がうちをイージーと呼ぶのをやめてくれるならね。それで、あのデータは何？あの現象が本当なら、エネルギー保存則に反しているわよ。何かデータを隠してない？」

　大沼博子と宮本未生は中学高校の同期であり、社会人になってからも交友関係が続いていた。大沼が防衛研究でトラブルに巻き込まれた時も、宮本の尽力で解決したということがあった。もっともこの時のトラブルが原因で、大沼はアメリカ国籍を取得するような結果となったのだが。

「速報だから隠せるほどデータはない。認知可能なデータがこれだけと解釈してほしい」

　長年の付き合いから、宮本が情報隠蔽を行うとは思えなかった。公開できない情報なら、その点も含めて説明するだろう。

「なら、少し待って。別のアプローチをするから」

　博子は宮本からのデータを別のＡＩに処理させた。任意のデータ群から規則性を発見する研究のために開発されたものだ。人類の知らない未知の物理法則を発見したことはないが、データ処理の中で見落としている要素を発見することには高い実績がある。

ＡＩは物理的に筋の通った可能性を提示した。与えられたデータの解析という点に限れば、八〇パーセント以上の信頼性がある。ただＡＩが妥当とした解釈が人間に受け入れられる結論とは限らない。

「こっちの賢いＡＩによると、そのデータに矛盾が生じないシナリオが一つある。衛星軌道上を億兆トンレベルの質量を持った天体が通過したとしたら、デブリや衛星はこうした運動をしても不思議はない」

「億トンと兆トンではえらい違いよ」

「軌道を変えられたデブリの質量がわからないんだから、軌道を変えた天体の質量まではわかりません。

仮に億トン程度としても、少なくとも直径一キロくらいの小惑星が至近距離を通過する必要がある。低軌道をそんな天体が通過したら、肉眼でも観測できる。でも、そのような報告はない」

博子の分析に、宮本はダメ押しをしてきた。

「たとえばブラックホールが通過したとしたらどう？」

「未生だって素人じゃないんだから、そんな馬鹿なことがありえないのはわかるでしょ。それだけ小さなブラックホールなら、ホーキング輻射でかなり強力なガンマ線を発しているはず。ブラックホールは観測できなくとも、ガンマ線は観測できたはず」

「だよねぇ、だとすると残された可能性はあれか」

画面の向こうでは、宮本が椅子を傾け天を仰ぐ。

「あれって、何？」

「日本国内か、あるいは領海内で、レーザー光線でデブリを飛ばしている奴がいる。特定領域の空に満遍（まんべん）なくレーザー光線を当てている設備があれば、デブリを同じように散らすことができる。

でも、そんな設備は日本には国立天文台か、宇宙作戦群にしかない。それが日本人の仕業ならテロってことだし、外国人なら外交問題になりかねない」

博子は、早朝から聞くような話ではないと思った。これは友人の愚痴を聞くのとは違う。宇宙作戦群本部からの案件なのだ。いや、そうなのか？

「私は宇宙作戦群司令官補佐からデータを受け取ったわけだけど、これは何？　正式な調査依頼？」

「いや、ＮＩＲＣへの調査依頼があるとしたら統幕監部から。これはあくまでも情報共有です」

「情報共有って……」

NIRCは各省庁からの調査や分析依頼の前に、事前の情報共有が行われることがあった。調査内容によってはNIRCの側もプロジェクトチームを組まねばならないこともあるからだ。決して十分な人員で運営されているわけではないNIRCとしては、チーム編成はなかなか頭の痛い作業であるのだ。

「作戦群との情報共有は了解したけど、正規の手続きくらい知ってるよね？」

博子にとってそこが一番の気になるところだ。普段の宮本なら、いきなり博子に連絡は取らない。

「統幕監部は前例のない異変に対しては、感度が鈍い。特に宇宙とかサイバー空間とか、馴染みのない領域ではね。だから調査依頼がなされない可能性がある。

その場合、NIRC側からデブリや衛星の異常について作戦群司令部に問い合わせてほしい。一分一秒を争う案件だったら、統幕監部の腰の重さが命取りになるかもしれないから」

「わかった。私の職域でもやりようはあると思う。他に何かある？」

博子がそういうと、宮本はカメラに顔を近づけた。

「私のキャリアだと、そっちに椅子はあるかな？」

「えっ！」

博子が驚いたのに満足したのか、宮本の映像は消えた。

2　心霊スポット

二〇三X年三月一五日・兵庫県丹波地方

兵庫県の山中を移動していたランドクルーザーが、深夜、山道の途中で停車した。

「どうしたのさ、卓二（たくじ）」

助手席の相川麻里（あいかわまり）が、運転席の矢野（やの）卓二に尋ねる。

「ナビを見てくれよ、俺たちいつの間にか谷底を走ってるぞ」

「ほんとだ、なんじゃもんじゃ神社までは正確だったのに」

「お前のとこのホテル、本当に呪われてるんじゃないのか？」

「馬鹿言わないでよ。ちょっと、隆二（りゅうじ）わかる？」

麻里はそう言って、後部席の武山（たけやま）隆二に話をふってきた。こんなやりとりは高校時代から変わっていない。

卓二と麻里は高校時代から付き合っていて、年内に結婚が決まっている。卓二と武山は同じクラスで名前が似ているという、アホみたいな理由で高校初日から仲良くなった。卒業後に地元を離れた武山と残った二人の進路は変わったが、帰省すると昔に戻ってしまう。

「最近は少なくなったが、山の中でGPSの電波が複雑に反射して座標が狂うことがある。それじゃないか？　スマホ見ろよ、アンテナ立ってないだろ」

武山が言うと、二人は急いで互いのスマホで確認する。

「ほんとだ、圏外になってる。えー、でもおかしいわね。先月来た時はちゃんと通じたわよ。現場から写真送ったの見たよね、卓二？」

「あぁ、そうそう。ホテルからの中継な。どうなんだ隆二？」

「だから場所が悪いんだ。電波状態の悪い場所を抜ければ、ナビも元に戻るはずだ」

麻里は実家の不動産屋を手伝い、卓二は建設会社で働いていたが、麻里の実家の支援を受けて独立していた。

それに対して都会に出た武山は大学時代の友人らとITベンチャーを起業して、そこそこの実績を上げている。海上保安庁に偵察用ドローンを納入するなど、小さな会社だが世間からの評価も高い。

もっとも、小さい会社だから幹部陣は色々な作業をこなさねばならない。武山自身も先週までは巡視船ひぜんに海保の非正規職員として乗船していたほどだ。

　自分はまだ自由に動けるが、上司の南郷は巡視船からほぼ離れられない。だから本社との連絡と機材の輸送は中堅どころの武山の担当だった。それでも無理に帰省したのは、下手をすれば来年まで戻れそうになかったためだ。

　麻里も卓二もドローンのことは知らないが、武山が難しい技術を会得して働いていることを、我が事のように喜んでくれた。ナビの不調の原因を尋ねるのも、そういう事情があったのだ。

「ちょっと卓二、少しバックして」

「バックしてどうするんだよ、麻里？」

「リノベーションの矢野は、心霊スポットも見事にリノベーションします！　って宣伝用のネット動画の撮影に行くのよ、私たち。ナビが狂って自分たちは谷底を走ってました！とかいう映像も入れたいじゃないの」

「あれか、取材班の前に謎の悪霊が立ちはだかるのであった！　みたいな奴？　効果音バリバリで」

「それそれっ！　隆二どう思う？」

最近は労働者協同組合法に基づいて、少人数の動画クリエーターが従来の法人よりも柔軟性のある組合を設立することも珍しくない。武山の会社でも宣伝動画は用意しているが、製作はそうした組合に依頼していた。

ただ麻里や卓二にそんな説明するのも面倒だ。明後日にはまた巡視船に戻るのだから。

「編集はどうするんだ？　撮影協力は俺でもできるけど、編集できるのか？　効果音も何も編集次第だろ」

「あぁ、それなら大丈夫。上野(うえの)って覚えてる？」

「写真屋の息子の上野？」

「そうそう、あいつさぁ、ネットでそういうの請け負ってるんだ。うまい動画作ったら、定期的に仕事回すことになってる」

そういえば文化祭の行事全般を、生徒会書記だった麻里がほぼ仕切っていたことを思い出した。いまも地元の友人らにそうやって仕事を回しているのだろう。

「バックしたぞ、ここからか？」

「ちょっと待って」

卓二が待っている横で、麻里はタブレットにざっくりとしたスケッチを描くと、武山にもわかるように示す。それは映画用の絵コンテを作成するアプリだった。

「隆二は、こうやって私たちを後ろから俯瞰で撮影して。で、私が道が違うんじゃないかと言うから、卓二は、ナビはこの道を示しているだろうと言うのよ。で、卓二がナビを確認するのをアップで映して、谷底を走っているところを撮影。

私たちはどこにいるの！　って叫ぶから、そこで車を止める。あとは卓二がライトを持って周囲を照らして、ここはどこなんだ！　と叫ぶ、ってなところかな」

「やらせくさくないか？」

卓二は麻里からタブレットを受け取って、一連の手順を確認する。

「ブレア・ウィッチ・プロジェクトって知ってる？　あの雰囲気で撮影するの。隆二は知ってる？」

「モキュメンタリーだっけ、パラノーマル・アクティビティみたいな奴だろ」

「それそれ！」

「だけど、このカメラでいいのか？」

武山が渡されたのはミラーレス一眼カメラで、それを録画モードにしていた。ホラー映画っぽくするには映像がクリアすぎる気がした。

「いいの、画像の加工は編集でやるから。それじゃ始めるわよ」

こうして車は再び移動する。乗り気でないように見えた卓二も意外にノリノリで、そこそこ迫真の映像が撮影できた。

「撮影は終了」

武山はすぐに撮影した動画を再生してみる。車内に、麻里と卓二のやりとりがカメラから流れた。

「隆二、何か変なもの映ってる？」

「見た感じじゃ映ってないな。この辺、何かいわくでもあるのか？」

それに反応したのは卓二だった。

「そういえば、親父から聞いたけど、この辺の近くの山の上に牧場があったんだと。そこは牛舎に牛がいなくて、二階に昇るための階段がない不思議な建物で、一階には室内に巨大な岩があるっていうおかしな牧場で、宇宙人の基地じゃないかという噂があったな」

「卓二、いまの映像にリトルグレイなんか映り込んだらぶち壊しじゃないの！」

前席の二人のじゃれ合いをよそに、武山は映像の座標データもナビと同じ位置であることを確認していた。一時はスマホに駆逐されるかと思われたデジカメも、動画コンテンツの撮影機材としての進化を遂げていた。

だから簡単な動画編集ならカメラ機能だけで完結できた。高性能な奴になると複数の外部音源を録音することで、カメラだけで多重録音できるようなものとか、スマホと連携して、複数の映像を記録できるものさえあるという。

麻里から預かったカメラはそこまで高級ではないが、メインとサブのレンズを併用して同時に映像を撮影する機能があった。標準で撮影するだけでなく、同じ被写体を広角で撮るようなことができた。建築物の撮影には重宝するらしい。むろん心霊スポットでも。

そういうデジカメだからGPSも標準装備だ。動画編集で撮影地点をトレースすることで、撮影地全体の立体映像を位置データから再現するような芸当ができるわけだ。

一つ難をいえば、スタビライザー込みでそこそこ重い。だから武山もスタビライザーを自分の荷物の上に置いて固定していた。

GPSは相変わらず使い物にならなかったが、三人の乗った車は深夜の山道を順調に進んでいた。だが、しばらくして彼らは停車を余儀なくされた。

「土砂崩れの復旧工事のため使用禁止……知ってたか?」

卓二は麻里に不安気に尋ねた。

「知ってたけど……まだ終わってなかったのか。それとも新しい土砂崩れかな?」

「そんなに頻繁に土砂崩れなんか起きたっけ、この山?」

武山が高校時代にも自転車で何度かこの山は攻めたが、土砂崩れが起きたような記憶はなかった。ただ昨今は異常気象でゲリラ豪雨も珍しくなく、山間部での土砂崩れのニュースは増えている印象があった。

「林業の衰退で、山林の手入れしないから崩れやすくなってるのは確かなんだよね。それに行政ってか、地元の土建業も人手不足で、山奥で土砂崩れが起きても放置されがちなの。でもさ、先週は通過できたのよ、この道」

「ＵＦＯの仕業じゃないか、こないだも弟が、空をなんか緑色に光るものが山の方に飛んでったって言ってた。時期的に土砂崩れが起きた頃じゃないか」

「こないだって？」

「麻里のところと俺のところで一緒に焼肉に行った日の翌日だから、二日前かな。学校の帰りに見たらしい」

「ちょっと卓二、ニュースくらい見なさいよ。人工衛星が関西に落下するかもしれないって注意喚起があったでしょ。それはＵＦＯじゃなくて人工衛星！」

「あぁ、あの人工衛星か。でもＵＦＯの方がロマンがない？　隆二はその辺は詳しいんだろ？」

武山も仕事柄、そうした情報は入っている。航空宇宙自衛隊の宇宙作戦群が動いているとか色々な話があるが、どうも大気の異常ということらしい。地球の大気が温暖化か何かの気象の変化で膨張し、結果として低軌道のデブリや衛星が落下しやすくなっているというのだ。

巡視船ひぜんでドローンが墜落した理由も、大気密度の急変が電波に影響したためと聞いている。ただ詳細は安全保障に関わるとかで不明だ。

「温暖化の影響で衛星が墜落しやすくなってるとは聞いたな」

かなり雑な説明だが、要するにＵＦＯかどうかを知りたいなら、この説明で二人は満足するはずだった。じじつ、この話題はそれで終わった。そして麻里は心霊スポットの話題に戻る。

「ねぇ、隆二、あの立札のあたり何か映ってない？　工事現場の警備員がこんな深夜にいました！　みたいな絵とか」

「工事中ご迷惑をおかけしますって看板ならある。残念ながらお辞儀もしなければ目も動かない。単なる看板だ」

「まぁ、そんな都合よく、心霊映像なんか撮れないか」

「それより麻里、どうする？　ここが通行禁止なら上にはいけないだろ」

武山としてはこのまま里に降りて残念会という流れにしたいところだ。しかし、麻里は違っていた。

「そうでもない」

　GPSは依然として当てにならなかったが、麻里はタブレットに地図を表示させる。スマホも圏外だが、地図データはあらかじめダウンロードしていたのだろう。

「現在位置がここ。でね、ここまで戻って、ここから入れば頂上に出られるはず……あっ、隆二、いまのところも撮影していて。編集で使えるかもしれないから」

　麻里は新しいルートを示す。武山が見ると、そこは公道ではなく私道であった。

「ルートはわかったけど、麻里、ここって私有地を突っ切るんだろ。リノベーションの矢野！　って宣伝映像が私有地に不法侵入はまずくないか？」

「あれっ、あっ、ごめん！　言ってなかったわね、この私有地の持ち主は私なの」

「麻里がこの山の持ち主なのか！」

　そういえば確かに相川家はこの界隈（かいわい）の地主一族だった。

「色々と面倒なんだけど、簡単にいうとお祖父様の山を息子たちが相続して、この山は叔父さんのものだったのよ。でも色々とやらかして、姪の私が叔父さんの借金を肩代わりする代わりに、この山の所有権を譲渡された。書類の上では叔父さんと私の会社なんだけど。まぁ、だから山の持ち主は我が社ってこと」

「偉いんだな、麻里」

「何を言ってるのさ、偉いのは私じゃなくて、戦国時代に山賊の頭（かしら）だったご先祖様さ。子孫たちはそれに食わせてもらってるだけ。

そんなことはいいから、行くわよ。夜明け前には帰りたいでしょ」

卓二が運転する車は、麻里の指示に従って私道に入って行った。一〇〇年近い昔には林業で稼いでいたとかで、その私道の舗装は痕跡を止める程度だったが、道幅はランドクルーザーが楽に移動できた。最盛期にはトラックが利用していたためだという。

「一時期はこの道もかなり荒廃していたんだけど、叔父さんが山頂にホテルを建設するときに、作業用道路として整備したんだよね。あっ、止めて、開けるから」

ヘッドライトに照らされて鉄製のフェンスが見えた。麻里は車を飛び出すとフェンスのロックを解除して、車が通過できるように開いた。そして車がホテルの敷地内に入ると、後ろから追いついた。

麻里は車には乗らずに、ランドクルーザーの後扉をはね上げた。そして取り出した機材の中からタープを見つけると、手際よく展開して簡易テントのような空間を設営した。武山と卓二も車を降りて、機材の準備にかかる。この空間が撮影のためのベースキャンプとなる。

椅子と小型テーブルを展開し、武山はノートパソコンと通信機器や映像モニターを設置する。

「駄目だな、相変わらずスマホの圏外だ。ＧＰＳも五〇〇メートルはズレてるな。何が起きてるんだろうな。

　こっちにホスト局立てるから、カメラはそれと通信することになる。とりあえず映像データは全部こっちに記録される。

　しかし、これ卓二のか？　豪華な機械、使ってるな」

　高校時代の卓二は、こうした最先端の機材を喜ぶような奴ではなかっただけに、目の前の機材の充実ぶりが武山には意外だった。

「仕事で使うんだよ。リノベーションだから、工事前の状況がどうだったか？　という記録もいるし、建物の躯体（くたい）に関わる工事だと全工程記録しとくんだ。後日の研修資料にもなるし、完成後に問題が起きた時も、工事の映像記録があれば保険会社との交渉が俄然有利になる。いい感じで工事が仕上がったら、それも技術力を示す宣伝になるからな」

「大したものだな、卓二」

「まぁ、俺もこの業界では色々と勉強させてもらったからね」

「なるほど。だったらこれ着てゆくか」

　武山は自前のジャケットを鞄から取り出す。それは自分でアレンジした私物の作業着だ。幾つもあるポケットの中には、マルチツールや芯を抜いて潰したガムテープやパラシュートコードなどが収められている。

これらのツールや機材は屋外での機材試験の経験で揃えられていた。五センチばかりの絶縁テープが無いばかりに山の登り降りを繰り返せば、人間は学ぶのである。

それでもツールを過剰に持ち歩いて疲弊したり、過小すぎて役に立たなかった経験から、現在の形に落ち着いていた。卓二の機材は高級だが、こんな山の中ではどんな不調が起こるかわからない。ネット環境も不安定なだけに、現場で機材調整などを行えるようにツールは持参しようと考えたのだ。

その間に麻里はまたタブレットに絵コンテを描いていた。

「この道路は工事車両の出入口で、裏の駐車場に出るから、絵的に面白くないのよ。でね、正門開けるから、車は一度外に出して。それから車が正門に着いて、ホテルの正面から中に入るという展開にする」

武山はカメラの試験も兼ねて周囲を撮影する。赤外線モードも増感モードも正常だった。

「けっこう車両が通過した痕跡があるな」

「あぁ、心霊スポットって噂が立って肝試しに来る車が増えたのと、叔父さんがホテル畳んでから、どこかの業者に貸倉庫として使わせていたみたいなのよ。

でも、自動車のスクラップ部品とか建築資材の廃材とか、粗大ゴミの捨て場とか、まともじゃない使われ方していたの。そっちの契約もケリをつけて、やっとリノベーションってわけ。室内のガラクタはトンいくらで別の業者に売ることが決まってる。だからさ、荒廃したホテル内の絵を撮るとしたら、そんなに余裕はないのよ。現状の記録を撮っておかないと、ガラクタの搬出で建屋に傷がついたかどうか確認できないしね」

「相変わらずやることに無駄がないね、麻里は」

「経営者ですから、こう見えても。さっ、動いた動いた」

「あのな麻里、話を聞くと、これってお前ら二人のビジネスだよな、俺がタダ働きでいいの？」

「それが友情ってものよ」

そうして撮影が始まった。武山の装備は高性能カメラを装着したスタビライザーだ。映像確認用の小型モニターと、マイク信号を確認するためのサブモニターが付いている。強者はこれだけで画像編集までこなすというが、そんな根気は彼にはない。

装備を持って武山が待機している前を麻里と卓二の乗った自動車が通り過ぎ、ゲートが開き、車はホテルの正面玄関に止まる。後で編集するので、カメラは動いたままだ。

武山の前で麻里と卓二の二人は、すでに麻里が用意していた絵コンテに従い、台本通りの台詞でリハーサルをしていた。テレビタレントのように目の前のホテルが心霊スポットであることについて説明している。熱源らしい熱源も無いというのに、赤外線カメラの方が高感度カメラよりも画面が明るいことに武山は気がついていた。

ホテルは五階建ての比較的小さなものだが、併設してある自然公園への観光客も意識しているらしく、正面が食堂や浴場の設置された娯楽棟となっており、その奥に廊下で結ばれた宿泊棟がある。そちらにも宿泊客用の食堂や各種浴室が整備されているという。

ただ自然公園は文字通り自然に戻り、二棟のホテルビルは確かに廃墟にしか見えない。編集でなんとでも調整のつく明るさだが、無人で電気も止まっている廃ホテルで何が赤外線を発しているのかが気になった。内部にはスクラップが堆積しているらしいが、それが昼間の熱を蓄積していたのか？

「それでは入ってみましょう」

麻里と卓二は廃ホテルの正面玄関のガラス扉に近づき、自動ドアを左右から力任せに開く。ドアの鍵は麻里が解除していたので、簡単に開いた。

武山が後方からライトで照らすと、ホテルのラウンジが浮かび上がる。中はそれほど荒れた雰囲気はなかったものの、ところどころ数メートルおきに埃の塊のようなものが集められていた。ラウンジの掃除中に放棄したような有様だ。

「麻里、これって演出か？」

「まさか、ここにはテーブルや椅子が積み上げてあったはずなんだけど、どうしたんだろ？　業者が引き取りに来るのは来週なんだけどなぁ」

麻里がはっきりと動揺しているのが武山にもわかったが、三人はそのまま進む。

さらに行くと、麻里は声を上げた。

「何なのこれは！」

廊下の両脇には厨房やボイラー室などが設置されているはずが、あるはずの鉄製のドアがなかった。ドアは綺麗に外されている。蝶番さえ残っていない。

廃品回収業者が密かにホテル内の廃品を盗んで行ったのかと思ったが、鉄扉はまだしも蝶番まで盗むというのも不自然だ。そこまで徹底する理由があるとも思えない。

それにホテルのアルミサッシやドアについては何もしていない。外からは異変を察知されないためか？

「おい、奥で何か動いてる！」

武山は前の二人に小声で知らせる。音響も担当している関係で、モニターには波長ごとの音声信号も表示されていた。その中で可聴域を超える高い周波数に大きな動きが示されていた。

音声モニターを覗く麻里と卓二も、明らかな異音に困惑していた。

「このモニター映像も記録されてるよね？」

麻里は頭をフル回転させているらしい。

「もちろん編集素材だから、記録されてるし、データはベースキャンプのサーバーにも送られてる」

「じゃぁ、行ってみよう。人間に聞こえない音域で何かが活動している。これだけで結構な撮れ高じゃない。何もなかったとしても、この謎の音源は何だったか！　で引っ張れるし、オーブの一つも映ればそれはそれでめっけものじゃない。

廃ホテルで埃っぽいから、照明をキツくすればオーブみたいなものは撮れるはず」

麻里の提案を入れて、三人は一度ラウンジに戻ると、娯楽棟を抜けて、演出のために隣接する宿泊棟に向かう。構図として、宿泊棟からラウンジに向かう絵も撮りたいからだ。

麻里はかなりコンテを切っているようだ。ラウンジと宿泊棟をつなぐ廊下も、消防法の規定による防火扉があるはずだったが撤去されており、それどころか天井にあるはずのスプリンクラーさえない。

しかし驚くべきは、宿泊棟の内部だった。そこは完全に漆黒の闇だが、明らかに何かが活動している雰囲気があった。何よりも音の広がりが違っている。

「麻里、本当に宿泊棟だよな」

武山はモニターの光景が理解できなかった。客室がないだけでなく、そこには天井もない。つまり五階建てのビル一つがコンクリート製の大きな箱となっている。カメラのライトは、二〇メートル上まで遮るものは何もなく、さらに屋上部分の一部は直径二〇メートルほどが丸く抜けていた。その丸い開口部から星空が見えた。

「どういうことよ、ホテルの解体なんか許可した覚えはないわよ！」

麻里は撮影中ということを忘れて叫び、スマホでどこかに電話しようとしたが、圏外でどこにも連絡できない。

丸い開口部の真下あたりに何か大きなシルエットが見えた。武山はクレーン車か何かだと思って照明を向けるが、そこに見えたのは別物だった。

ドローン開発にかかわった関係で武山も世界の航空機については一通りの知識は持っていたが、そこにあったのは確かに飛行機だ。ただしどこの国にもこんなものはない。

三角形の分厚い翼の上に流線形のキャビンがめり込むように乗っている。全長は二〇メートル弱で、垂直離着陸するなら屋上の開口部から出入りできるだろうが、普通の人間はそんな一メートルにも満たないマージンで飛行機は飛ばさない。

「自然公園のアトラクションか何かか？　子供が乗って喜ぶ宇宙船の遊具みたいな？」

「そんな遊具はないわよ、隆二。だいたいそれがあったとして、どうやってここに運び込むの？」

「そうだよな……」

武山は音声モニターの反応が急激に大きくなっていることに気がついた。しかも中心は目の前の飛行機からだ。ライトの照明範囲を広くして、それを飛行機全体に向ける。

照明を向けてわかったのは、この飛行機がかなり高度な技術で製造されていることだ。照明は一定の明るさなのに、その物体は光を強く反射したかと思うと、すぐに反射しないほどの漆黒になったのだ。

武山はステルス技術に関しても情報は集めていた。そうした中には、表面の形状をナノレベルで加工し、光の反射を劇的に減少させるようなものもあった。

その技術を応用すれば、ほぼ完全に光を反射させない表面も可能であると同時に、ほぼ完全な反射も実現できる。ただそうした技術は吸収か反射いずれかの表面加工を施せるだけで、目の前の飛行機のように自由に変えることはできない。

仮にこんな技術の飛行機が空を飛んだとすれば、世界のどこの国でも侵入できるだろう。レーダーを完全に無力化するだけでなく、目視さえ不可能となるのだから。

しかし、感心してばかりもいられない。日本にこんな飛行機はないのだから、これは外国の飛行機、それもステルス性をここまで意識するなら軍用機だろう。そんなものがこのホテルに着陸している。

それでも武山は自分の考えをそのまま信じられなかった。そんな高度な技術の産物が実現するとしても一〇年は先だろう。しかし、目の前の存在は試作品ではなく、明らかに実用段階にあるように見える。

「麻里、逃げよう！」

武山の考えは、卓二の叫びに中断された。ハンドライトで周囲を照らしていた卓二は、自分たちを包囲しようとしているものに気がついたのだ。

それに気がつかなかったのは、壁際にパイプの束が並べられているように見えたからだ。二メートルほどのパイプの束が壁に立てかけてある。解体工事の途中に思えた現場だけに、足場か何かだろうと気にもしていなかったのだ。

しかし、それはパイプの束ではなかった。強いていうなら鉄パイプで組み上げた人形だろうか。胴体となるパイプに手足をつけた、そんな感じだ。

だがそれは単なる不細工な人形ではなく、動いていた。四〇体ほどいる鉄パイプの人形は直立して歩き出し、四方から包囲網を狭めていた。

「こっちよ！」

麻里は持っていたハンドライトで、一番近くにいたパイプ人形を横殴りにすると、倒れた隙に、卓二とともに逃げ出した。パイプ人形が起き上がる前に、武山も二人に続く。

一心不乱に逃げているつもりだったが、カメラは持ったままだ。しかもスタビライザーがぶら下げられた状態でも後ろの光景を撮影し続けていた。

麻里と卓二は武山を置いたまま、自動車へと走ってゆく。何が起きているかわからないが、ここから逃げねばならない。長年の付き合いだ、車を動かしたら二人は武山をピックアップしてくれる、彼はそう信じていた。

しかし、なんとか自動車にたどり着いた二人だが、乗り込んでも車は動かなかった。しかもドアが外れ、明らかに車は崩壊し始めている。

卓二と麻里は車での移動を諦め、正門まで走ろうとする。武山は待ってくれと言おうとするも、息が上がって声が出ない。

武山はついにカメラを手放した。撮影用ライトの明かりがホテルのガラスに反射して、周囲を淡い光で照らした。足がもつれて倒れた武山の視界に信じられない光景が映った。

あのパイプ人形が二体、正門からこちらに向かってくるのだ。しかもそれらはホテル内でみたパイプ人形とは形状がやや違っていた。片腕が妙に長いのだ。

そしてこの二体だけは、他の人形とは違って動きが速い。一体が卓二に接近すると、次の瞬間、人形の長い方の腕が動き、卓二の首が飛んだ。

そして麻里が悲鳴をあげた瞬間、彼女の胸をパイプ人形の長い腕が貫く。その先端は刀になっていた。

麻里と卓二の死体を蹂躙し、二体のパイプ人形は血の滴る腕を下に向けたまま武山に近づいてくる。

ライトに浮かび上がるパイプ人形は、直径六、七センチほどのくすんだ金属光沢のパイプでできており、顔に相当する部分がない。

ただのパイプが人形になって、人を殺し、そしていま自分に迫ってくる。武山が技術者であったこともまた、彼を恐怖に追いやっていた。そのパイプ人形からモーターやギアの音でも聞こえたなら、まだ状況を理解できただろう。

だがそれらは終始無音で接近して来る。しかも顔がないから何を考えているのか意図を察知する術もない。そんなものが友人二人を目の前で惨殺したのだ。

武山は立ち上がることもできず、這いつくばってロボットのいない方向に逃げるよりなかった。命乞いをしても通じないことは直感でわかった。そもそもこいつらは無音であり、一言も話していない。

これは何なのか？　地元の山でこんな妖怪やら怪異の話など聞いたことがない。ならUFOの宇宙人か？　しかし、どこの世界に刀で切りつけてくる宇宙人がいるというのか。

一体何が起きている！　武山はすべてが理解できない。

そして気がつくと、後ろから迫ってくる二体の他に、ホテルの方からも二体がやってくる。武山は動けなくなった。そこに前から現れた二体が飛び上がると、武山の目の前に着地した。彼の意識はそこで途切れた。

武山は意識を取り戻す。何時間こうして意識を失っていたのか？　腕につけたスマートウォッチは二時間ほどが経過している。ただ、自分がどこにいるのかがわからない。

どうも、どこかの部屋に閉じ込められている。縦四メートル、横六メートルほどの金属製の部屋だが、天井は一〇メートル程度か。穴の底に落とされたようだ。天井には一メートル四方の開口部があるが、ここから這い上がるのは絶望的に思えた。

予想されたことだがGPSは使用できない。武山はまずスマホの電源を落とす。この先どういうことになるかわからないが、ともかくいまの自分にとって武器になりそうなものはこれしかない。ならば状況が見えてくるまで無駄にバッテリーは消費できない。

ツールを装備したジャケットは着ていたし、そこには予備のバッテリーもあるが、充電できなければ電源喪失になるのは明らかだ。

スマートウォッチには温度計と気圧計の機能もある。それによると室温は二四度、気圧は九一四ヘクトパスカルを示している。あのホテルは山の頂上にあったから、どうやら自分はホテルのどこかにいるらしい。

ホテル……廃ホテル、そこで武山はすべてを思い出す。体を触ってみるが傷口はない。自分はともかく生きている。しかし、麻里や卓二は死んだ。いや、本当に死んだのか？あまりにも理不尽で不合理なことの連続で、あの鮮烈な光景が現実とは思えない。生憎と身につけているもの以外はここにはない。頭の中は疑問符だらけだ。

「誰かいないのか？」

武山は叫んだものの、反応はない。ただ上の穴から機械音が感じられる。そうして武山は冷静に状況を分析してみる。

まず麻里と卓二は殺されたように見えたが、実際のところどうなのかはわからない気がした。あまりにも唐突すぎる気がしたのと、あの二人が殺されているのに、自分だけが生きているというのも理解できない。二人と自分との間に生死を分けるほどの違いはないのだ。

そして自分たちを襲ってきたあのパイプ人形だ。心霊スポットという先入観とホテル内が勝手に解体されていたことなど、予想外の状況の連続であの化け物が現れたために、妖怪の類と感じてしまったが、冷静に考えると、何らかの工業製品と解釈すべきだろう。

そうなると全体の構図はかなり整理されてくる。あのパイプ人形は非常に稚拙なヒューマノイドだ。モーター音などはしなかったが、それはアクチュエーターを空気圧か何かにすれば解決のつく問題だろう。

そしてあの鈍い動きも、空気圧で動かしてると解釈すれば説明がつく。あるいはパイプそのものが空気タンクだったことも考えられる。そうなると麻里と卓二が殺されたというのもますます信じがたい。空気圧で動く愚鈍なロボットで人を一刀両断にできるか？　そういうことだ。

ただ殺されたという記憶は鮮明で、そこはどうにも納得できない。あるいはそれも何かの演出か？

とりあえず自分は、あの廃ホテルのどこか井戸のような場所に閉じ込められているらしい。意図は不明だが、わざわざ閉じ込めるくらいだから殺意はないと考えていいだろう。殺すつもりならチャンスはいくらでもあったし、そもそも殺す理由がない。

とりあえずはこの穴の外に出ることだ。深さ十メートルというのは普通なら登るのはほぼ不可能だ。だが自分をここに閉じ込めた連中は大きなミスをしている。この穴は四角い形状だ。だから角の部分で手足を突っ張れば、壁を登ることができる。刑務所の壁が湾曲しているのも、角を作るとそこから脱獄する人間がいるためだ。

それでも壁を登るのはそこそこ体力が必要だが、自分は会社のサークルでボルダリングをやっている。その要領で登ることは可能だ。

武山は外に出るルートをしばらく考えた。角を登って天井に着いたとしても、そこから開口部へどうやって移動するかが重要だからだ。

幸いにも開口部は天井の真ん中ではなく、比較的隅の方に寄っている。そこに近い角から登ってゆく。壁の材質は金属光沢はあるが滑りやすくはなく、ざらついていたので登るのは比較的楽だった。

問題は天井に到達してからだ。ジャンプして開口部に手をかけられるなら、そこから脱出できるだろう。しかし、失敗すれば下に叩きつけられてしまう。そこは賭けだ。

しばらくはそれでも逡巡していた。自分を閉じ込めた奴が再びやってきてから交渉する方が確実かもしれない。しかし、いつやってくるかもわからない相手のために、こんな場所に張り付いていることはできない。むしろ落ちたらおしまいという場所にいるのは交渉をするなら不利だろう。

腹を括（くく）って、武山は飛んだ。確かに開口部に手をかけることはできたが、しっかりと保持はできず、そのまま床に落下して行く。穴を落ちて行くとき、下から支えられたような気もしたが、それでも彼は落下し、意識を失った。

「麻里！」

どれほど意識を失っていたかわからないが、時計を見ると一時間ほど経過したようだ。

それよりも武山は自分が麻里に膝枕されていることに、驚くと同時に泣いてしまった。

「やっぱり生きていたんだな！」

「当たり前じゃない」

だが武山は、その口調にいつもの麻里とは違った印象を受けた。

「卓二は？」

「いたかもしれないし、いないかもしれない」

「おい、何を言ってるんだ！　卓二は無事なのか？」

「いたかもしれないし、いないかもしれない。隆二だってそう」

武山は麻里の目を見つめる。目の前にいるのは確かに人間だが、しかし、会話が成立しない。

「隆二？」

「おい、麻里、しっかりしてくれ！」

武山は彼女を揺さぶったが、そこでシャツの左胸の辺りに妙な膨らみがあることに気がついた。しかもそれは麻里の呼吸とは無関係に脈動している。

「ど、どうした、麻里」

「これのこと？」

麻里は武山の視線に気がついたのか、自分の着ているシャツを両手で引き裂いた。胸が顕になったが、パイプロボットが刺した辺りに、虫のような機械のようなものが群れて動いている。

「これのおかげで動くことができる。人は初めてらしいけど、人も動物だから、動かせるみたい。でも、人間って複雑すぎるって」

「複雑すぎるって、誰が言ってるんだ？」

「誰って何？」

武山はふと、誰から聞いたか忘れていた話を思い出す。山には女にだけ取り憑く妖怪がいる。女に入り込み、その肉体を自分のものとして扱う妖怪が。

もちろん、そんな妖怪の存在など武山は信じていない。しかし、この状況を説明できるのは、そんな怪談じみた話だけだ。いったい自分はどんな世界にいるのか？　ロボット集団が活動している世界なのか、それとも山の妖怪が跳梁している世界なのか。そんな馬鹿なことはないのはわかっているが、ならこの現実は何なのか？

「麻里、自分が相川麻里なのはわかるか？」

武山は麻里から離れていた。胸に蠢く小さな機械の集団を見ていると思わず吐きそうになった。ただあの刀で刺された傷口をこの機械集団が修復しているなら、迂闊に手は出せない。心臓近くで活動しているのだから。麻里との話が噛み合わないのは、このせいなのか。つまり麻里は治療中の重傷者なのだ。

あのパイプロボットはまだしも、こんな医療機械など世界中を見ても開発できている国はない。だとすると何者が作り上げたのか？

「わかるよ」

麻里はゆっくりと、眠たげにそう返事をした。あまり良い状況ではないのは素人にもわかる。

「見てるんだろ！　何とかしろよ！　何がしたいんだ！」

武山は天井に向かって叫ぶ。これが何かの実験なら絶対に自分たちを監視している者がいるはずだ。その何者かに向かって彼は訴えた。しかし、何の反応も返ってこない。

「隆二、わたし、ダメっぽい」

麻里はそれだけ言うと、全身を痙攣させてそのまま息を引き取った。そして胸の傷口から、虫のような機械群が溢れ出す。心臓や血管の傷を修復するという可愛いものではなかったらしい。

それは傷口だけではなく、口からも、目からも、液体が抜けるように虫のような機械群が流れてゆく。そしてそれらが流れた分だけ、麻里の身体は陥没していった。武山は思わず麻里から飛び退いた。

麻里の体内から溢れた小型機械は、そのまま集団が液体のように移動し、そして一つに合流した。それは一度、サッカーボールより少し大きいくらいの球体となり、自分で転がると壁の中に吸い込まれていった。

機械群の球体は消えたが、武山の横には麻里の骸（むくろ）だけが残っている。麻里から何かをあの球体が抜き取り、目の前にあるのは麻里の抜け殻だ。そうとしか思えなかった。

「宇宙人なのか！」

武山は自分を監視しているに違いない何かに対して叫ぶ。返事は戻ってこない。

もはやこんなことが人間にできるはずがない。技術的にはもちろんだが、人間がこんな惨（むご）いまねを、それが実験としても行うはずがない。いや、行えるはずがない。

気がつくと麻里の骸からは血が流れていた。それだけが信じられる現実だ。麻里は機械などではなく、人であったのだと。この状況で武山にできることはなかった。ただ麻里の瞼を閉じることができただけだ。

武山はそのまま、部屋の隅に移動し、ぼんやりと麻里の骸を見る。見たいわけもないが、自分が目を背ければ彼女の死は何の意味もないものになる。そんな気がしたからだ。

麻里とは狭い地元で学区も同じ、しかも家も近所だ。麻里の両親は、卓二よりも武山を買っていたらしい。卓二とはっきり交際するまで、麻里と武山が友達以上恋人未満の状態を続けていたからだろう。

しかし、おそらく麻里の両親は娘がどんな状況で命を失ったか、それどころか生死さえわからぬまま、この先過ごさねばならない。武山自身、二四時間後に生きているかどうかもわからない。そんな状況で、麻里の人生を見届けられる人間は自分しかいない。

それは視点を変えれば、麻里の骸を見守っている間だけは、自分もまた人間であると確認できるということでもある。

それでも落ち着いてくると、ここから脱出しなければならないことに再び想いが巡る。諦めてはならないし、ここから脱出して、麻里や卓二の家族に何があったかを伝えねばならない。そしてこんな非道なことをする存在が、地球に来ていることを社会に知らしめる義務が自分にはある。

自分たちをこんな目に合わせた相手が何者かはわからないが、奴らは一つミスをした。武山のジャケットとツールを奪わなかったことだ。さっきは一刻も早くここから出たかったので力任せに飛んでみたが、やはりパラシュートコードを使うことにする。

そして傍の麻里の姿を見る。脱出できるなら、せめて麻里の両親に娘の形見になるものを渡したいと考えた。麻里の着衣を脱がせて、それを形見としよう。

それでも長年の友人の骸から上着を脱がせるというのは、かなり決心が必要だった。それが必要とはわかっていても、死者への冒瀆という感情はついてまわる。

それに形見として持ち帰るとして、血だらけの着衣でいいのかという迷いがある。娘が苦しんだであろう物証を両親に突きつける方が、形見がないより残酷ではないのか。

そうして逡巡している時、武山はおかしな感覚を覚えた。そして自分も麻里の骸も空中に浮かんでいるのに気づいた。咄嗟に手を伸ばして、麻里を掴む。よくわからないが、外に出るならこれはチャンスだ。町まで麻里を運べないとしても、ここに放置しないで済む。

わりと強い勢いで天井に叩きつけられたが、ともかく穴に急ぐ。麻里の重さも軽くなっていた。そうして穴に指をかけ、中を覗く。

上の部屋は、下の部屋よりも小さく、天井までは五メートルほどしかない。その天井にはドアのようなものが見えた。

だが武山は吐きそうになっていた。上下感覚がおかしくなっていたからだ。天井に向けて進んでいたはずが、上の部屋は彼の感覚では下の部屋になっており、自分たちがいままでいた部屋が上になっている。

そして重力の変異は終わった。ただし体重は軽いままだ。

いままで武山のいた空間を二つに仕切っていた間仕切りは、順番に折りたたまれ、最後には壁の中に消えた。武山は全長一五メートルほどの細長い部屋に自分が置かれていることに気がついた。幅六メートルの壁の一つが床となり、いままで床であったものは高さ四メートルの壁となっていた。つまり上下方向が九〇度ずれている。

あるいはこれは重力制御の類かと武山も一度は考えたが、それはいささか論理の飛躍のような気がしてきた。明確な根拠があるわけではないが、ここまでの異常な出来事の連続の中で、重力制御まで出てくるというのはあまりにも現実離れしている気がするからだ。

しかし、そんな考えも現実の前には修正を余儀なくされる。一歩踏み出して、室内の重力が著しく小さくなっていることに気がついた。重力が小さいから転倒したが、床で頭を打つまでに時間がかかったのだ。

「嘘だろう……」

いま現在の室内の重力はわからないが、地球の一Gではない。ポケットのボールペンを落としてみて、落下時間を計測する。正確ではないが、だいたい月くらいの重力だろう。月なのかここは？

こうなるともうわからないことが続きすぎて、もはや違和感さえ覚えなくなっていた。

ともかく歩くのに苦労しながら、壁に見えるドアの方に向かった。

それは小さい方の部屋にあるドアであり、部屋が横倒しになる前は天井にあったはずだった。根拠はなかったが、そのドアは開くような気がした。

どうにも歩きにくい中で、何とかドアにたどり着く。そして思った通り、武山が前に立つとドアは開いた。そして彼は悲鳴をあげる。ドアの向こうには椅子があり、操縦室に似ていなくもない。ただ計器などは見当たらない。

しかし彼が悲鳴をあげたのは、椅子の上に人がいたためだ。それは卓二の服を着ていた。身体は明らかに卓二だ。

その卓二の首に相当する部分は、麻里の傷口を覆っていた機械群で盛り上がっていた。その機械群に埋もれるように卓二の頭がややかしいだ状態で乗っかっている。一刀両断されたという記憶は勘違いなどではなかったのか。

卓二には意識があるのかどうかわからない。目は開いているが、ものを見ているとは思えない。ただ時々動いている。

それでも卓二は武山の存在がわかっているのか、立ち上がり、近づいてくる。

「卓二……」

声をかけた武山に卓二が反応した。彼は口を開き何かを言おうとしたが、声は出ず、その代わり口から昆虫のような機械群が溢れ出る。武山にはそれが限界だった。

彼が悲鳴をあげると、その声に反応するように、操縦室のような部屋に今までなかったドアが現れ、そこから外に出ることができた。目の前にあったのは、自動車一台が辛うじて通行できる程度のトンネルだった。

トンネルを抜けて大きな空間に出た武山は、自分が閉じ込められていたのが、あの廃ホテルで見た飛行機の内部であることを知った。つまり自分は地球にいたのではなく、この宇宙船で一G加速で運ばれていたのだ。窓も何もないから地球にいると誤認していたわけだ。

武山が逃げ出すと、卓二も彼の後を追ってきた。そこがどこかわからないが、格納庫のようなところから廊下に抜ける。低重力で転びながら、卓二から逃げてゆく。だが行き止まりになった。

廊下の先には窓があり、外の景色が見える。明らかに宇宙空間だ。そしてその光景に武山は絶句した。

視界にして一〇度ほどを占める地球の姿がある。やはりここは月なのか？　だが武山は、その地球から少し離れた位置に明るく輝く天体があることを発見した。

「どこなんだ……ここは？」

3　IAPO

二〇三X年三月二五日・NIRC

「全員揃ったので始めます」

会議時間には七分早かったが、NIRC（国立地域文化総合研究所）の的矢正義理事長は、会議の開始を宣言する。それがここの流儀だ。的矢を含む一五名の理事全員が揃っていることは、AIが各理事の端末に表示している。

会議室にいる理事は七名、四名はNIRCの施設内にいるがプロジェクトの進捗の関係で自身のオフィスから参加、あとの四人は海外も含め施設外から参加している。自宅からの参加者も一名いる。

「すでに理事の皆さんは、断片情報をそれぞれの職域で把握しているものと思う。

基本的にＮＩＲＣは、政府や官庁からの照会を受け、情報の分析や提供を行う独立した研究機関だ。

しかし今回ばかりは、我々から政府や関連省庁への働きかけが必要であると、理事長である私が判断し、この理事会を招集した。

まず、最初に本件に関与した大沼副理事長より概要を説明して欲しい」

的矢正義はＮＩＲＣの理事長であり、最高執行責任者でもあった。ＮＩＲＣには意思決定機関である理事会のメンバーとしての理事と、各部門の責任者である執行役員の二系統の幹部職員がいる。

的矢も含めて理事は一五名、執行役員は二一名いた。理事全員が執行役員で、理事ではない執行役員が六名いることになる。この六名を将来の理事とするのが、的矢の現時点での計画だった。

一方で、二人いる副理事長を将来の理事長にするかどうかについては、彼もまだ結論を出していない。能力的に問題はなかろうが、当人たちにもそれぞれのキャリアプランがあり、そこは強制できない。また大沼は国籍をアメリカに変更しており、そのあたりの調整も必要だ。

まだ創設されて五年程度のこの組織で、副理事長が理事長へのキャリアパスであるような道筋をつけるのも、長い目で見てデメリットの方が大きい気がしていたからだ。

「私が航空宇宙自衛隊宇宙作戦群本部関係者より、最初に本件についての情報を得たのは三月一〇日の早朝です。

　事実関係だけを述べるなら、美星にある作戦隊がレーザーレーダーでスペースデブリを観測中に、微細なデブリだけでなく、機能を停止した人工衛星が軌道を変更しているという現象を観測しました。

　美星の作戦隊から熊谷の作戦群本部に報告があり、その数時間後に我々に情報提供がなされました。美星の作戦隊もこの時点では十分な事実関係の把握はできていませんでした。

　さらに、これは宇宙作戦群本部からの正式な調査依頼ではなく、非公式な情報提供、ありていにいえば内部告発に近い。情報提供者は美星からの報告を重大事態の可能性があると判断したものの、群司令官が事の重要性を認識しているとは思えなかったことでこうした行動につながった。

　昔と違っていまは公務員でも内部告発で不利益にならないような規定はありますが、一方で安全保障に関わる情報管理は厳格化されている。この部分の法解釈についてはここでは議論いたしません。

　群司令官から統幕監部にはこの日のうちに報告がなされたようですが、目立った動きはない。ただ翌日付で、第一から第六までの作戦隊にこの現象に関する観測強化の命令が発せられています」

大沼の報告に理事の半数が驚き、半数は平静だった。地理分析や歴史研究を担当する部局の執行役員でもある理事たちには、こうした宇宙関連の情報は流れないからだろう。特に今回のように情報管理が要求される場面では。

「一〇日に情報を受け、理事長に報告した上で、関係理事に共有し、海外の軍や研究機関の情報収集を開始しました。

正直、情報入手は困難な部分もありました。衛星の安全のために行われるデブリ観測も、軍事的には他国の衛星監視に他ならない。そしてどこの軍隊も自分たちの探知能力は明かしたがらない。

これは、RPOのような現象が幾つか観測されていることも影響しています」

RPOという単語に一部の理事たちから声が上がった。RPO(ランデブー・プロクシミティ・オペレーション)とは、機能を停止した衛星のような大型デブリ回収技術で言及される、衛星に別の衛星が接近し、そのまま同じ軌道を追尾する技術だ。

ただし、この技術はASAT(anti-satellite weapon:衛星攻撃兵器)で進歩したもので、デブリ回収はそのスピンオフというのが現実だ。

　このようにRPOとは、衛星攻撃兵器が使用されている可能性が高いだけに、それが複数確認されているというのは尋常なことではなかった。軍関係者が神経質になるのも当然といえた。

「ただ各国の天文関係者も同様の動きは観測しており、アマチュアレベルでも確認されています。アマチュアの中には天体ではなく、インターネット用の衛星群を観測するような人も多いですから。

　それで明らかなのは、軌道上での異常事態は衛星攻撃兵器の類では説明できないという事実です。

　まず、この二週間ほどの間に宇宙は暗くなっている。微細なデブリや、機能を停止した衛星の軌道要素が変化し、低軌道には活動中の衛星しかすでに存在していません。

　そして様々な衛星やデブリは一つの軌道要素に集約しつつあります。それは高度六万七〇〇〇キロ、つまり二日で地球を一周する高軌道に遷移しつつあります。気の利いた望遠鏡なら、地球の赤道上空にデブリや活動停止衛星によるリングを確認できます」

　理事たちのモニターに先月と昨日の夜空の映像が映る。確かに夜は暗くなっていた。

「リングの形成が確認できたのは二日ほど前ですが、各国の天文台や宇宙軍では一五日の段階で、こうしたことを予想しておりました。

日本でも宇宙作戦群が一一日の時点で、国内六ヶ所の作戦隊に観測強化の命令を出しています。私の把握している情報では一八日の時点で各作戦隊からの情報が本部に集まり、同日付で統幕監部に報告が出されております。しかし、それ以上の動きはありません。

これだけであれば、宇宙技術を有する国もしくは企業による活動の可能性も否定できません。ですが、そうではなさそうです」

これに対する理事の反応は薄かった。すでに報告を受けている的矢にしても、それを自分の中でどう咀嚼すべきか迷いがある。ある程度の情報を持っている理事は程度の差こそあれ同様だろう。そして情報に通じていない理事なら反応のしようがない。

モニターの映像が変わり、白抜けしたような小惑星の画像が表示される。それに並んで画像処理した立体図が並んでいる。２０２５ＦＷ０５と表記されている。それがこの小惑星の名前だ。

「２０２５ＦＷ０５は、長らく準衛星と思われてきた差し渡し五〇〇メートルの天体です。

準衛星について簡単に説明すれば、月のように地球の重力に囚われ、その衛星になった天体とは異なり、あくまでも太陽を中心とした軌道を描くものの、公転軌道が類似で交差があるため、地球からの観測では、短期間だけ地球の衛星のように見える天体を意味します。

この２０２５ＦＷ０５については、地球より五〇〇万キロ離れた位置にありました、つい最近まで。

デブリの移動と呼応するように、この準衛星の軌道も変化しました。すでに距離は急激に接近、より正確にいえばすでに準衛星ではなく衛星になっています。現在の軌道は極端に偏心しており遠点距離は一〇〇万キロを超えておりますが、近点距離は高度六万七〇〇キロまで接近しています。

一連の動きから推測すれば、この天体もまた最終的には高度六万七〇〇キロの円軌道に落ち着くものと思われます。もっとも、よほど注意しなければ肉眼では気がつかないでしょう。

ですが小惑星の軌道変更は、どう考えても現在の人類の技術では不可能です」

「それは……つまり、宇宙人か何かの仕業ということですか？」

理事の一人が誰に対するでもなく質問した。大沼はそれに答える。

「現在の国家や団体の技術では不可能である。言えるのはそこまでです、実行者の正体は現時点では議論のしようがありません。宇宙人かもしれないし、地底人かもしれない、未来人あるいはアトランチス人の末裔の可能性さえ否定はできません」

それは大沼のジョークであるらしかったが、先の理事を含め、笑うものはいなかった。

「重要なのは、機能している衛星については何の干渉も行われていない点でしょう。軌道が変わっているのは、あくまでもデブリと、機能していない衛星だけです。なので世界はいまもごく当たり前の日常を送られる。

つまりこの地球上の人類の九九パーセント以上は、軌道上で起きている異変について何も気がついておりません。これが現状です」

「ありがとう、大沼理事」

理事たちはざわついていた。専門分野は違えど、その分野では一流の人材ばかりだ。この異変が何を意味するのか、それぞれの専門分野で考察しているに違いない。

とはいえ、この問題は創設五年目のＮＩＲＣにとっては最大の試練となるだろう。

ＮＩＲＣこと国立地域文化総合研究所は、的矢と志を同じくする各界の人材により創設された。その目的は世界の文化研究を行うという看板に間違いはないのだが、それだけに限定したものではない。

今日の世界情勢は複雑な状況にあった。太平洋・アジア方面に限っても、ほんの一〇年ほど前までなら、米中対立という比較的単純な構造で解釈できた。しかし、新興国の急激な経済成長と人口増、それに伴うパワーバランスの変化が、利害関係の調整を難しくしていた。

　最近でも中国の海洋進出を抑えるためにインドと手を握った場合、インド洋でのインドの覇権主義を容認するかが大きな外交課題となっていた。一時が万事である。

　このような国際情勢の中で、人口が減少し、経済力でもかつての存在感がない日本の広義の安全保障をどうするか？　それに対する的矢の結論がＮＩＲＣだ。日本と深い利害関係を持つ周辺国はもとより、広く世界の情報を収集分析する。

　それも経済や軍事という視野の狭い話ではなく、地理的、歴史的、文化的、技術的、社会的な、トータルな情報収集と分析にある。霞が関の各官庁から独立した機関にこうした情報が蓄積されることで、政府や各国家機関は意思決定のための情報を手に入れることができる。

　しかし、的矢の狙いはそれだけにとどまらない。まず世界から情報を入手するということは、ＮＩＲＣが世界トップクラスの人材と人脈を構築することを意味した。ＮＩＲＣが独立した研究機関だからこそ、その人脈を日本社会のために利用することができる。国家間の緊張が高まった時でも、水面下で人脈を利用した交渉が可能となるわけだ。

　さらに的矢は、来年度を目標にＮＩＲＣとしてのレポートを出版する予定だった。主要言語に翻訳され、それらは世界に配布される。

これにより日本という国が、国家意思として世界をどう認識しているかを明らかにできる。その地域研究の分析が高いレベルで行われているならば、情報分析の確度の高さがレポートの権威となる。

そうしたレポートの公開を二〇年も続けられれば、それは日本のソフトパワーとして武器となる。なぜならばそのレポートを読む相手というのは、世界各国の政治家や高級官僚、文化人など社会への影響の大きな人材であるからだ。

そのような形で日本のインテリジェンス戦の高い能力を国際的に誇示することは、日本の発言力にも繫がり、安全保障にも寄与することになるのだ。

可能であれば、ＮＩＲＣで訓練を受けた経験のある人材こそが、政界に進出し、政府や議会がインテリジェンス戦に対応できるような政治改革を促したいと的矢は考えていたが、さすがに創設五年では、それはまだ手の届かない目標だった。

それでも彼は理事長として、日本が難しい問題に直面した時にこそＮＩＲＣの真価を示せるものと思っていた。だが、現実は予想以上に難しい課題を自分たちに突きつけてきたようだ。

「理事長として、現状について報告したい。三月一八日の段階で宇宙作戦群本部より統幕監部に報告が上がったことは、大沼理事の説明にもあった通りだ。

しかし、統幕監部はこの件に関してほとんど関心を示していない。このため二〇日の段階で統幕監部と政府安全保障会議に、異例ではあるが理事長名で注意喚起の草稿を送った。

とはいえ、それに対する反応はなかった。具体的な脅威とは判断されなかったらしい。さる筋によれば、軌道の晴れ上がりは国家の差し迫った脅威とは見做(みな)されないとのことだった。

ただ状況は変わった。昨日、つまり日本時間で二四日に、米国務省より軌道上の異変について大使館を通じて政府に問い合わせがあったらしい」

するとアメリカ史関係のプロジェクトを担当する理事の一人が的矢に質問する。

「ペンタゴンや在日米軍司令部はどうしていたんです？」

「まず彼らは宇宙作戦群本部とは連絡を取っていたらしい。本来なら統幕監部を通すはずだが、一分一秒を争う分野であるから、一部の友好国との間では、現場の幹部が自身の人脈で情報交換することは認められている。ただしここは防衛省でもグレーゾーンではある。

もう一つは、どうやらホワイトハウスも我々の情報収集については把握していたようだ。制度上、ＮＩＲＣは政府に責任を負う独立機関であるから、我々の調査活動を日本政府によるものと解釈していたらしい。

だからホワイトハウスとしては、日本政府から何も言ってこないことに疑問を抱いたようだ」

的矢に届いた情報では、安全保障会議、統幕監部、宇宙作戦群司令部の間で、いろいろ揉めているらしいが、それも噂でしかなく、彼もそれを理事会にあげる気はなかった。

「状況は以上の通りであり、早晩、政府から我々に働きかけがあるだろう。しかし、現状ではむしろいささか異例だが、我々から政府に対応策を提案すべきと考える。

なぜならば、相手が人間以外の存在だからこそ、既存の政治にとらわれない視点が必要となるからだ。

理事長として意見を言わせてもらえるなら、これはＮＩＲＣの将来に関わる問題ではない。日本の将来でもない。人類全体の将来に関わる問題かもしれない。そのつもりで考えて欲しい」

そうしてＮＩＲＣ理事会は、対応策の草案の議論に入った。

二〇三Ｘ年三月二五日・宇宙作戦群本部

宇宙作戦群本部司令官補佐の宮本未生一等空佐は、八島司令官から渡された辞令に驚きを隠せなかった。

「四月一日付でＪＡＸＡに出向……準備期間として、本日より筑波宇宙センターに異動のことですって、どういうことなんですか司令官！」

通常こうした異動については最低でも一ヶ月前から打診があるものだ。なぜなら宇宙作戦群本部の補佐が扱う職域は広く、それを把握するにも時間がかかる。しかもその人物が与えられた職務をまっとうできる能力がある前提の話だ。

宮本が司令官補佐になる時も、数名の候補者の中から選抜されるまでに訓練期間を含めて半年近い時間が必要だった。だから仮に宮本司令官補佐が異動になるとしても、後任人事の選定が動いていなければならず、少なくとも引き継ぎに一ヶ月は必要だろう。

だがそうした手続きも何もなく、辞令は出されたのであった。

「どういうことでしょうか？」

宮本にはそう言うしかなかった。状況がわからないし、あまりにも非常識すぎる。

「君は宇宙飛行士になりたかったんだろ。なら好都合じゃないか。ＪＡＸＡでは宇宙飛行士の訓練を受けることになるそうだ」

「司令官、真面目に訊いているんです」

宮本の抗議に対して、八島の対応は冷たかった。

「補佐官が私の話を真面目に聞いていれば、こんな事態にはならなかった。それくらいわかるだろう」

「話とは？」

そう口にしつつも、宮本も何が問題なのかが見えてきた。

「NIRCに注意喚起を行なったことが問題なのですか？」

「あれは注意喚起ではなく、情報漏洩だ。それくらいわからぬ君でもあるまい。分を過ぎた真似はするなと私は言っていたはずだ。

君がどのようなルートでNIRCに情報を送ったのかは、いまさらどうでもいい。現状ではこの件を問題とすることもリスクを伴う。

しかし、君が行なったことは、上の方では大きな問題となっている」

「問題に、ですか？」

宮本には、それは初めて耳にする話だった。補佐官として把握する限り、アメリカやNATO諸国でもこの異変は問題となっていたが、日本政府に特に動きはなかったはずだ。

「まず、君がどう認識しようが、ここしばらくの軌道上での異変は統幕監部には伝えられている。そして君も知っているように、統幕監部からは監視の継続が命令されていた。だが、君がNIRCに情報を流したことが状況を変えてしまった。あそこは防衛省からも独立した研究機関だ。それが独自の人脈で、同盟国や友好国だけでなく、対立関係にある国とも連絡をとり、我々の与(あずか)り知らぬところで情報収集分析を行なっていた。

二〇日には我々を飛び越して、統幕監部と政府安全保障会議に対してＮＩＲＣより注意喚起がなされた。政府への注意喚起は、ＮＩＲＣが独立しているとはいえ、実質的に政府直属の研究機関であることを考えれば不思議はない。

しかし統幕監部は、宇宙作戦群しか知り得ないと思われていた情報がＮＩＲＣよりもたらされたことに、態度を非常に硬化させている」

「面子(めんつ)を潰されたからですか」

宮本の言葉に、八島の表情にはっきりと怒りの色が浮かんだ。話が中断したのは、彼なりに怒りを抑えていたためだろう。

「そうした表現を使いたいなら好きにすればいいだろう。しかし、統幕監部の認識は、宇宙という安全保障に重要な領域について、専用施設を有しているわけでもないＮＩＲＣがかなり詳細なデータを提示したことを問題視した。

つまり我々、いや君は別か、ともかく宇宙作戦群の情報管理と、彼らが高度な情報分析を行い、ＮＩＲＣ独自の提言を政府に提出したことが問題だったのだ。

そうでなくとも、防衛省の自由にならないＮＩＲＣのような独立研究機関が存在することを統幕監部は喜んでいないのだ。

彼らは、情報の漏洩先を調査し、補佐である君からの情報であることを突き止めた」

「だから急な異動ですか？」

「君のやったことは、解釈によっては補佐官の職掌にあると強弁できなくもない。しかし、多くの人間は情報漏洩と解釈する。じっさいに統幕監部の中には君への懲罰を要求する声も少なくなかった。

それでも異動で済んだのだ。君は信じないだろうが、私が可能な限り君を守ったからだ。それにしたところで情報漏洩について刑事罰も辞さないという意見に対して、諦めるよう説得するのがせいぜいだった。

君はこの異動を唐突に感じただろうが、それは当然だ。宇宙作戦群司令官として、補佐の処遇について統幕監部と意見の対立があるなどと教えられるわけがなかろう。

昨日まで、君の処遇は恩給や年金も失わない形での退役となるはずだった」

自分の行為が統幕監部に喧嘩を売っているように捉えられるかもしれないとは宮本も思っていた。そうだとしてもせいぜい訓告か何かで終わるというのが彼女の計算でもあった。それを覚悟してでも、上の方に事態の重要さを認識して欲しかったのだ。

しかし、統幕監部のＮＩＲＣへの反感までは考慮していなかった。それが事態をここまで厄介なものにしたらしい。その一方で彼女が懸念している軌道上での不可解な現象については、まともに議論された様子は窺えない。彼女は自分の異動よりも、その無関心さに失望した。

「事態が変わったのは今日、いや昨日の深夜というべきか。アメリカ国務省から日本政府に対して、この軌道上の異変についてどのような認識なのか、いかなる対策を取るのか打診があった。

政府は慌てて統幕監部に問い合わせを行い、そこから宇宙作戦群司令部に照会があり、日本も早期にこの事態に対応していたことが内外に説明されることとなった。ただし、その日本政府の対応なるものは、NIRCが君の情報をもとに立案したものだった。

この状況で君を処分するなどできるわけがないだろう」

「国務省が……」

宮本がNIRCに協力を要請したのは、ここまでのことを期待していたわけではなかったが、彼女が思っていた以上の人脈が彼らにはあったらしい。

「群司令官としての見解を述べさせてもらうなら、君は人間的に問題はあるにせよ、余人をもって代えがたい人材なのも間違いない。そして君を退役させられるほど防衛省の人材に余裕はない。

状況から考えていまの宇宙作戦群に君の居場所はないが、空自の他の部署では真の能力を十分に発揮できないだろう。さらに統幕監部の感情を考えれば、ほとぼりが冷めるまでＪＡＸＡに出向というのが避難場所としては一番だ」

「あくまでも一時的な異動だと？」

だが八島は首を振る。

「期間は定められていない。あくまでも必要と認められる期間だけだ。いいかね、君を退役させろという意見が出るような状況だったのだ。一等空佐からの降格はないとしても、今後の昇格はないものと考えてほしい」

「それは暗に辞職しろという意味でしょうか？」

「そんなことは言っていないだろう！」

八島は珍しく声を荒らげた。

「自重しろと言っているのだ。それに今後の推移を考えたなら、君や私に辞職という選択肢はないことも十分に考えられる」

「どういう意味でしょうか？」

自衛隊法の規定には、その人物の置かれている職務によっては退職が認められないことが明記されている。しかし、八島はともかく宮本は退役が議論されていた状況であり、辞職が認められないというのは考えにくい。それは矛盾ではないか？

「地球軌道上での異変だ。実用衛星に重大な影響は出ていないが、小規模な不調は頻発している。

　さらに国務省からの照会で政府も事態を重要視し始めた。地球の準衛星２０２５ＦＷ０５の軌道変化が顕著になっている。地球から五〇〇万キロ離れていたはずが、いまは一〇〇万キロまで接近し、完全に地球の衛星となった。

　現在の分析では地上から高度六万から七万キロまで接近する楕円軌道に乗っている。概ね三週間後のことだ。

　何が起きているかもわからねば、何が起こるかもわからない。したがって幹部クラスの自衛官の辞職は認められないだろう」

　宮本はその話に疑問ばかりが膨らんだ。

「有事に備えて幹部自衛官の退職は認めないが、その一方で私は現職を解任され、ＪＡＸＡへ出向しろというのですか？　それは……」

「矛盾なのはわかっている。確かに一貫した態度ではない。だが上の方の意見を集約し、最大公約数にまとめればこうなってしまうのだ。

　ありていに言えば、君を現職には置きたくないが、何か起きた時に自由に使える上級幹部は確保したいということだ」

「要するに、便利使いできる人間、そういうことですか」

その考えは理解できたが、理解するのと納得するのは違う。ただ宮本のキャリアの中で、彼女の功績を自分の功績として昇進した幹部は確かにいた。統幕監部の中にもいたはずで、そうしたことを思えば、矛盾して見えた異動の理由も腑に落ちた。

「それでJAXAで何をすれば？　いきなり押しかけられてもあちらも困るのでは？」

「宇宙飛行士の訓練に参加してもらうことで話はついている。JAXAの宇宙飛行士の募集は止まっているが、施設とスタッフは維持する必要がある。君が行けばそれが可能だ。もしも何かが起きて君を空自に戻さねばならないことが生じても、閑職なら呼び戻しやすい」

「ひどい話ですね」

宮本はすでに抗議する気も失せていた。それに対して八島は言う。

「いい話とは言ってない」

二〇三X年四月八日・NIRC

四月八日はお釈迦様の誕生日。目覚まし時計で日付を見た時、大沼博子の頭に浮かんだのはそれだった。

彼女は執行役員としての自分の部屋で寝起きしていた。応接室も兼ねた役員室に隣接する形で、窓のない四畳半ほどの仮眠室が併設されていた。

執行役員で「軌道の晴れ上がり」と命名されたデブリ消滅現象の調査に関わるメンバーは、この一週間は帰宅していなかった。ただＮＩＲＣは人材の質で組織が成り立っていることもあり、福利厚生は充実している。

深夜帯は喫茶室だけとなるが、基本的に食事は二四時間いつでも摂ることができたし、風呂やシャワーはもちろんサウナまである。ジムで汗を流すことも可能だ。かつては学校のグラウンドだった敷地内の庭園を散策することもできる。

もっともこれらは単純に福利厚生だけではない。海外との情報交換が多く、研究者を招いていることもあり、常に海外とのやりとりが行えるという意味もあった。

夫の柴田（しばた）健夫（たけお）は物流企業の役員で、大沼同様に朝が早い。それもあって家事は分担していた。家事代行を雇うという選択肢もあったが、二人ともタスク管理の訓練のつもりで家事分担を行うのが楽しいので、問題はなかった。

どちらかが忙しい時は、「家事業務の達成水準は通常の七五パーセント」と夫婦間で決めてあり、そこが問題になることもない。

それにあえて二人とも触れないが、互いの仕事に厳格な機密管理が要求されるため、家事代行のような形で他人を自宅に入れたくないというのも大きかった。

娘の大沼未来（みき）が高校生になると、家事分担の負担は軽くはなったが、娘といえども夫婦の書斎には入れなかった。その代わり家族共通の書斎は別に用意してあった。

身支度を整え終わると、待っていたかのように私物スマホのエージェントが時間を告げる。大沼はスマホとスマートグラスを持って食堂に向かった。

朝の六時だったが、食堂にはちらほらと職員の姿が見えた。誰もがスマートグラスを装着して四人がけテーブルを独占していた。そうしたテーブルは避けるというのが、ここでの暗黙の了解事項だ。

大沼も用意されたトレーを持って、いつもの席に着く。食事は部屋を出る前にスマホで指示すれば、シェフがちゃんと用意してくれる。

ＮＩＲＣの庭園には大きな楡（にれ）の木があったが、大沼の席だとそれがよく見えた。スマートグラスを装着すると、家族とその光景を共有できた。

もちろんそれは、楡の木を中心とした光景を生成ＡＩが立体的な空間として再設計し、大沼の家族と共有しているに過ぎない。しかし、家族の場の共有という点では何の問題にもならない。

　この時、大沼はハッシュドビーフとサラダとパン、夫と娘はローストビーフサンドとサラダだった。

「未来がつくったの？」

　大沼が言い当てたことに、未来は驚いていた。

「わかる？　えぇ、なんで？」

「肉の切り口が健夫さんとは違うから。でも、それは違いであって、未来の個性だという話。健夫さんなら肉を躊躇（ためら）いなく一刀両断にはしない」

「パパは優しいから、やっぱりママに似たのかな」

「何が言いたいのかしら、未来さんは？」

「ママのお褒めに与り光栄にございますってこと」

「健夫さんも何か言ってよ」

「いや、そのまま続けて、君らのやりとり見てる方が面白いから」

　平和なひと時だと大沼は思う。しかし、こんな日常がいつまで続くのか、彼女はそれが気がかりだった。

　ＧＰＳの時間計測がうまくいかなかったためにサーバーがデータ交換できず、株式売買が数時間中断するという事例が世界で起きていたが、目立つのはその程度だ。軌道上の異変はまだ日常生活に影響を及ぼすには至っていない。

デブリや機能停止衛星の移動は、それらが特定軌道を目指している点で、何らかの意図が予想されたが、何者のどんな意図なのかは不明のままだ。

それはいまのところ明確な悪意の兆候を示してはいないが、もしも露骨に悪意を顕在化させたなら、控えめに見積もっても世界経済は大混乱に陥るだろう。

大沼の漠然とした不安を感じたのか、未来は陽気に尋ねた。

「ねぇ、宇宙人が攻めてくるって本当なの？　学校でみんなそんな話してるけど。宇宙ステーションが動き出したって」

老朽化とともに延命処理を繰り返していたＩＳＳも、数年前から無人運用となっていた。現在は遠隔で軌道を維持しているだけだ。

そのＩＳＳが軌道を降下させるのではなく、上昇しているのが確認されたのだ。アマチュアを含めＩＳＳを監視している人間は多いため、この事実は世界中に広まった。

さらにＩＳＳが複数の国により運用されていることから、「デブリ衝突の危険を回避するために高度を上げている」という発表と「原因はわかっていない」というステートメントが異なる国で同時に行われたため、不信感だけを招く結果となった。

大沼が説明するとすれば、「何者かがどのような方法によるかは不明だが、ＩＳＳを高度六万七〇〇キロに遷移させようとしている」となるだろう。むろんそんなことは家族といえども明かせない。

「仕事の内容は言えないけど、もしも宇宙人が攻めてくるなら、ママはこんなところにいないで、家に帰ってます」

「ママが国分寺にいる間は世界は安泰なのね、えっ、だったら私が学校から帰宅してママがいたら、世界の終わりなの？」

「その時は、帰宅前に学校へ迎えに行くから安心して。そこ、健夫さん、何がおかしいの」

「楽しい母子の会話が。もしも宇宙人が攻めてきたら、パパの会社の地下巨大物流倉庫に行こう。そこなら一生食べきれないほどのご馳走があるから安心だ」

家族はそれで笑いとなったが、大沼は内心で笑えなかった。安全保障の研究機関であるＮＩＲＣは、国内外の企業の動きも分析している。それは大沼の直接の担当ではないが、副理事長として概要は把握していた。

そうした調査対象の企業に柴田健夫の会社も含まれていた。防衛省のミサイルや弾薬などの装備品備蓄のための地下倉庫や、重要物資の戦略貯蔵施設建設もその企業の担当である。

さらに地下シェルター建設も進められている。国土強靭化計画や地方創生のためのインフラ建設の中に、そうしたシェルターが含まれていた。

有事になったら健夫の会社のシェルターに家族で避難する。社会が大混乱に陥っても自分たち家族は安全な場所に避難できる。軌道の晴れ上がりを前にして、大沼はその事実に後ろめたさを覚えていた。

家族との団欒が終わると、大沼はスマートグラスを外す。それを待っていたように、的矢理事長がコーヒーを二人分持って現れる。

「楽しそうだったね」

的矢は大沼の前にカップを置く。コーヒーの銘柄も、砂糖・ミルクなしのブラックという好みも彼は把握していた。

「一日の貴重な家族団欒の時ですからね。理事長は家族サービスは終わったんですか？」

「終わったというか、終わってた」

「終わってた？」

「三日前に妻の弁護士から離婚関係の書類が届いてね。でも知らない弁護士事務所からの封書なんか後回しにするだろ。処理しなきゃならないタスクの方が多いからね。

でさ、さっきやっと中身に目を通したら、そういうことだった。あとで弁護士探して、対応してもらうことにした。離婚理由がいちいちごもっともなので、こっちとしても反論できないじゃないか。となれば、あとは実務処理だけさ」

「反論できないほどの離婚理由の提示って、探偵でも雇われたんですか？」

さすがにそれはないだろうと大沼は思う。探偵のような不審者が施設周辺をうろつけば、警察に発見されないはずがない。

「探偵じゃないよ。大沼さん、知ってた？　家庭用のＡＩってあるじゃない。音声で家電操作したり、ネットショッピングできる奴。あれのログって離婚請求の物証になるんだね。夫婦間の会話時間がこの五年で急速に減少しています、ってグラフまで付いてたよ。以上のデータより、甲と乙の婚姻関係は事実上破綻しており云々ってね」

「それは……不運ですね」

他にかけるべき言葉は思いつかない。というより、朝からこんな場所で聞きたい話題ではない。的矢は誰かに話したいのだろうが。

「いや、すまんね。完全にプライベートな話題だった」

「いいですよ、就業時間前です。まぁ、就業時間など我々にはあってないようなものですけど」

「何というか、仕事中心の生活を見直さないといけないのかな」

「心に余裕を持つように心がけるのは必要かもしれませんね。趣味の時間を作るとか」

「趣味ねぇ……強いて言えば読書かね」

「読書なんて無趣味な人間の典型的な言い訳じゃないですか。仕事の資料を読み込むのは読書じゃないんですからね」

「仕事に関係ない読書ねぇ」

的矢はしばし考える。

「大沼さん、SFとか読むんだよね。何か、お勧めはない？」

「いまの理事長なら、クラークの『2010年宇宙の旅』なんかどうですか」

「2010年？　2001年なら聞いた記憶があるけど」

「続篇です、主人公が仕事の虫で、奥さんをほったらかしにしたので離婚されたって話」

「……大沼さんは人の傷口に塩を塗り込む派？」

「傷口の痛みで、心の痛みを忘れられますからね」

的矢は自分のスマホで何かを検索していた。

「なるほど映画化されてるのか。こっちの方が時間の節約になるか」

「あっ、映画の方は離婚シーンはカットされてますよ、残念ながら」

「いや、そっちでいいや」

大沼と的矢はＮＩＲＣが創設される前からの知り合いだった。大沼がまだ日本国籍だった頃だ。ある学会で人工知能の技術と法制面のパネルがあったときに、二人とも登壇者だったのだ。かれこれ一五年にはなるだろう。

それもあってか的矢が本音を明かせる数少ない人間が大沼だったのだ。ＮＩＲＣ理事長という権威者の仮面を忘れられるのはこんな時だけなのだろう。

「で、前置きは終わって仕事の話だが……」

「そんなことだから離婚されるんですよ。いえ、すいません。それで、どの案件ですか？」

「オシリスのことだ、言うまでもなく」

オシリスとは２０２５ＦＷ０５のことだ。小惑星の正式名称ではなく、各国の関係者の間で通用する符号である。

「ＡＩでは軌道解析が不可能という中間報告をもらったが、その辺りを説明してほしい」

「データは読みました？」

「データも報告書も熟読した。しかし、いつもの大沼さんの報告にしては切れ味が鈍い気がしたんだよ。実のところどうなんだね、報告できない部分で何に引っ掛かってる？」

大沼はいわゆる理系文系という分け方を浅薄なものと考えていたが、その好例が的矢だ。職歴から言えば文系だろうが、彼の論理性と分析力は一流の科学者のそれである。だからこそ、彼女があえて報告書には記載しなかった不確定要素の存在を見抜いたのだろう。

「まずオシリスの軌道要素の変化はエネルギー保存則に反します。オシリスは何かを放出して運動量を減らし、軌道を下げている。しかし、オシリスそのものの質量はほぼ変化していない。

美星のレーザーレーダーによると、オシリス周辺からほぼ光速に等しい鉄原子が放射されている。最小の質量で最大の運動量を得るためには重い物質を光速で投射するというのは筋が通りますが、それにしても質量保存則に反します」

「それぞれ、報告書ではオシリスの質量について明確な数字がなかったが、なぜだ？」

そこは的矢に突かれるだろうと大沼が予想していたところだ。

「オシリスがあの体積ですべて鉄だとした場合、推定質量は一億五〇〇〇万トン前後です。指数表記で一・五の一〇の八乗トン。

ところが加減速を行なっていないオシリスの質量は、その運動から解析すると五・四の一〇の一二乗トンと割り出せます。つまりオシリスが鉄の塊とした場合の三〇〇〇倍以上の質量であることを示しています。

仮にオシリスが鉄よりも密度の高いプラチナか何かでできていたとしても、とても三〇〇倍の違いにはなりません」

「……計測ミスってことは……ないな」

「えぇ、世界各地の天文台や空軍が同じ数値を割り出しています。なぜなのかはわかりかねますが、これがSFであればナノサイズのブラックホールとなります。ざっと計算すると半径八の一〇のマイナス一二乗メートルくらいになります」

「ブラックホール、本当に？」

「質量だけでいえば。ただこれくらい小さなブラックホールならホーキング輻射が無視できないので、質量が減少しないとならないはずなんですが、それは観測されていない。どうも単純な現象ではないようです。

ただオシリスの正体がなんであれ、この問題が重要なのは、地球に衝突した場合です。たとえばオシリスが鉄の塊だとして、東京を直撃したとします。この場合、衝突による直接的な被害は東京の壊滅程度で済む。クレーターの直径は数キロと言ったところです」

「東京壊滅だけでも大災害だと思うのだが」

「もしも、オシリスの質量が観測値どおりその三〇〇〇倍なら、掛け値なしに人類滅亡に繋がります。オシリスは地殻を貫通し、マントル層にまで到達します。

そしてここで無視できないのは、軌道の晴れ上がりを含め一連の軌道の変異が、意図は不明ながらも特定の軌道を指向していると観測できることです」

「つまりオシリスに悪意があれば人類を滅ぼすことができる。なるほどこの想定では中間報告には出せないか」

「少し、違います」

大沼は的矢を見据える。

「オシリスの意図は議論の対象になりません。意識があるかどうかもわからない、単なる自動装置の類かもしれません。はっきりしているのは、オシリスには人類を絶滅させるだけの能力があるということです。あれは自由に軌道を変えられるんです。

少し前までは地球から五〇〇万キロ離れていた。それが一〇〇万キロまで接近し、離心率の大きな衛星軌道に乗った。最新の計測では一週間後、つまり四月一五日には、モルディブ上空、高度六万七〇〇〇キロの近地点を通過します。

ここで再度の軌道修正を行うかどうか、それが一つの試金石になると思います」

「問題のデブリ集結軌道に遷移するというわけか」

「それと、これは報告書に記載するかどうか迷っている点ですが、オシリスの軌道の近地点、つまり最も地球に接近する場所がモルディブ上空になることは重要な意味があります」

大沼は的矢に、持っているスマートグラスを装着しろと目で示す。

「オシリスは準衛星の頃から観測されていますが、外見から判断して小惑星なのは間違いない。それが軌道の晴れ上がり以降、赤外線放射が増え、表面の微細な凹凸が削られ平坦化しています。レーザーレーダーでの計測とはいえ遠距離なので、解像精度には限度がありますが。

ともかくこの小惑星を、何者かが土木工事している可能性があります。ただ方法はわかりません。わかるのは形状の変化という結果だけです。

それとオシリスの質量が鉄の塊だったらと説明しましたが、専門家によると二つの準衛星が重力に引かれて衝突し、結合したラブルパイル型小惑星だそうです」

的矢と共有しているスマートグラスの映像は、オシリスが分離する様子を描いていた。金属が多いM型小惑星部分は残り、炭素の多いC型小惑星部分が分離し、軌道を降下させて静止軌道に入る。

そして静止軌道から上と下にケーブルのようなものが伸びる。ケーブルの一端はモルディブ諸島に到着し、もう一端はM型小惑星部分に到達し、M型の方は軌道を上昇させて行く。

「これはどういうこと？」

「軌道エレベーターです。地上と宇宙を結ぶ最も経済的な手段と言われています。オシリスがこのような行動を取るという根拠は、改変した軌道の近地点がモルディブ諸島上空であるという点しかありません。ですがオシリスにはそれが可能であるというのは事実です。現状、このシナリオを否定する物理的な材料はありません」

的矢はスマートグラスを外して、首を振った。

「仮に大沼さんの仮説が当たっていたとしよう。そうであるなら、少なくともオシリスは地球に衝突してその生態系を崩壊させるという意図はないことになる。

一方で、軌道エレベーターにより何かを地球に降下させるか、あるいは地球から何かを持ち去る、あるいはその両方が可能となる。それが侵略を意図しているかどうかはともかく」

「それはどうでしょうか、理事長。

うちの庭に柿の木があるんですけど、去年に隣の山田さんの庭に枝が伸びたことがちょっとしたトラブルになりました。我が家に山田さんの庭を占領する意図なんかありませんでしたけど、山田さんから見れば地権の侵害ですよね」

「我々が侵略と解釈すれば、オシリスの意図にかかわらず侵略となる、それが大沼さんの考え？」

「オシリスがどういう形であれ知性体としたとき、コミュニケーションという問題に直面するでしょう。その時に、オシリスの行動を我々がどのように認識しているかを示すことは必須条件です。おそらく快・不快という低位の部分から共通認識を構築することになると思いますから」

的矢はしばらく何かを考えていた。

「実は幾つかの研究機関からIAPO（軌道上における異常現象を調査する国連特別調査班：UN Special Investigation Team to Investigate Anomalous Phenomena in Orbit）という構想への協力を打診されている」

「政府は知ってるんですか？」

「いやまだだ。現時点では世界の有識者が国連に提案する構想の段階でしかない。しかし、具体化する前に政府には説明することになる。NIRCが世界の研究機関に働きかけ、日本がIAPOを提案しました、ってシナリオなら反対はしないだろう。形の上では国連のIAPOから日本政府が参加を打診されることになる」

そこで大沼は気がついた。

「理事長であるあなたが、副理事長である私にそのような話をしてくるというのは、とっても生臭い気がするんですけど、気のせいですか？」

「君の直感を信じることだ」

「あまり信じたくないんですけどね」

話の流れを考えれば、ＩＡＰＯの日本代表は実質的にＮＩＲＣということになり、そうであればその担当者は、理事長が兼務するか、理事会の承認を得た上で副理事長が就任するかのどちらかだ。

「町田（まちだ）君も優秀な副理事長だが、専門は法務とマクロ経済だ。そうなるとＡＩの専門家で科学全般にも通じている大沼さんが、ＩＡＰＯの日本側代表となるべきだと理事長として考える」

「オシリスの案件なら、副理事長ではないとしても宇宙開発が専門の大瀧（おおたき）理事の方が適任では？」

「素人の認識かもしれないが、ＡＩとは人間と異なる知性体とのコミュニケーションの研究だろ。異質な知性体ならＡＩもオシリスも同じじゃないか」

大沼はＡＩ研究を的矢のような観点で考えたことはなかったが、確かにそれは一つの真理には違いない。それに言語とは言わないまでも記号で意思疎通を図るような相手であれば、その翻訳作業にＡＩが活躍するのは間違いない。少なくとも人間の手作業では手も足も出ないだろう。ただそれでも大沼は反論する。

「おっしゃることはわかりますが、オシリスは与えられた命令だけを実行する自動機械のようなもので、そもそもコミュニケーションが成立しない存在かもしれませんよ」

「それはそれで情報じゃないか。ゼロだって数字には違いないだろ」

「お話の趣旨はわかりましたが、この場で即答できる問題ではないと思います。家族にも相談しなければなりません」

「それは当然だ。この場で決められることじゃない。ＩＡＰＯが計画通りに創設されるかもわからないし、人事についても理事会の承認が必要だ。状況にもよるが総理からの承認もね」

　大沼は的矢に畳み掛けるように質問する。

「それとＮＩＲＣでの地位保全とか給与面、事務手続きなどは組織としてサポートしてもらえるんですよね？」

「ＮＩＲＣでの地位保全は約束できる。それは理事長権限だ。ＩＡＰＯでの給与については、原則として支給されるはずだが、現時点では細目について約束できない。事務手続きは事務方が担当するので、大沼さんの負担は最小限にする」

「交通費は？」

「予定としてはＩＡＰＯからの支給になるが、たぶん海外出張も最小限度になるはずだ。

メンバーはリモートで業務を処理することになる」

それは大沼には意外な話だった。彼女の海外の友人の中にも国連職員がいる。そうした人は世界中を飛び回っている印象だからだ。

「一つには移動時間がもったいない。状況は刻一刻と変化することが予想されるから、メンバーは母国で対応してもらうことになる。

もう一つはメンバーを一ヶ所に集めないためだ。危機管理の観点からね。そこまでする必要はないかもしれないが、万が一ということがある」

「日本にいられるんですか。なら前向きに検討します」

「ありがとう。続報が入れば連絡する。

ところでさっきの軌道エレベーターだけど、あれもSFにあるの？」

「いろいろありますよ。お勧めは、やはりクラークの『楽園の泉』です。あれを読めば軌道エレベーターの工学的な概要は理解できると思います。

ただスターグライダーってAIが登場するんですけど、辞書データを送れば意思の疎通ができるというのは、ちょっと安直すぎますね。オシリスはそこまでサクサク作業が進むとは思えません」

的矢は再びスマホで検索し始める。

「そうか、『2010年』も『楽園の泉』もNIRCのライブラリーにあるのか。これなら『楽園の泉』を読むか」

「やはり工学的な興味からですか？」

「いや、誰も離婚しないから」

4 仲間

二〇三X年四月一五日・練習艦うみぎり

「艦長、艦隊司令部より命令が届いています」

艦橋にいる須田(すだ)艦長は、自分のモニターにＥＣＤＩＳ（電子海図情報表示装置）を稼働させていたが、そこに船務長からのメッセージの着信アイコンを認めた。

画面を指でタッチし、個人認証をクリアして、内容を読む。実戦だったらこんな悠長な真似などしていないはずだが、練習艦は教育訓練の場でもあるので、無駄な所作は多い。

むろん、いやしくも艦長たる自分が訓練内容を「無駄な所作」というのは問題があるのはわかっている。しかし、近年の海上自衛隊だけでなく自衛隊全体の変化の激しさは、昨日習ったことが明日には陳腐化するようなことが必ずしも珍しくないのである。

海図だってそうだ。須田の若い頃は紙でチャートを書くことが要求されたが、いまはECDISしか使われていない。昨今の護衛艦内の紙といったらトイレットペーパーくらいだろう。

自分が海自に入った時には、六分儀で天測するような訓練があったが、いまはそうしたカリキュラムは省略されている。この練習艦うみぎりにさえ、六分儀などないし、あったとしても使える人間がいない。

その代わりIT関連の用語が増えてきた。じっさいこの練習艦にしても、練習航海と言いつつも、やっているのは護衛艦という名のコンピュータへの習熟に等しい。

そんなことを思いつつ、命令文を読む。

「発：練習艦隊司令官　有馬智（ありまさとし）
宛：練習艦うみぎり艦長　須田学武（まなぶ）
別紙の内容に従い、指定地点にて当該天体の観測を行われたし」

命令は短かった。情報のプラットホームは変化しても、発だの宛だのという書式は変わらない。遡れば明治にまで行くらしい。

別紙とされた添付ファイルは、命令そのものよりも情報量が多かった。２０２５ＦＷ０５という小惑星が数時間後にモルディブ諸島のアッズ環礁上空で地球に最接近するので、それを観測せよという。

「手段は任せる……か」

どうして小惑星の観測をしなければならないのか？　確かに自分たちなら、その近点を観測可能な位置にある。しかし、天体観測のために派遣されているのではなく、世界一周の遠洋航海に出ているのである。観測機材などないのだ。

「船務長、いいか？」

須田はモニター経由で吉川（よしかわ）船務長に話しかける。竣工時のうみぎりでは伝声管が使われていたそうだが、すでに艦橋には痕跡さえも残っていない。

練習艦うみぎりは一九九一年竣工の護衛艦であり、かれこれ四〇年以上も任務についている。いまも本艦が解体もされずに現役なのは、数年前の防衛大綱の中で「現役艦艇二〇〇隻体制構築」が海上自衛隊の目標とされたためだ。

しかし、先端技術が結集された護衛艦などの戦闘艦の建造など技術的にも経済的にも簡単にできるはずもなく、数を揃えるには老朽艦をＦＲＡＭ（艦隊再建近代化計画）で延命し、新造艦を調達する時にもＬＣＣ（ライフサイクルコスト）という言葉が飛び交うのが常だった。

　練習艦うみぎりも例外ではなく、さまざまな装備を組み込んだが、訓練には良いとしても普段使いはあまり褒められたものではない。

　操船訓練のため艦長と航海長は艦橋にいるが、船務長は船体内部のＣＩＣ（戦闘指揮所）に待機していた。

「何でしょうか、艦長？」

「天体観測を行えるような装備は何かあるか？」

　艦長だから練習艦の内部には精通している須田ではあるが、天体観測機材になりそうなものは思いつかない。

「ドローン監視用カメラを最大仰角で空に向けて倍率上げれば、観測の形はつけられると思います。あれはスタビライザー装備だから艦の動揺はキャンセルできます」

「やっぱりあれか……」

　カメラ装備といえば、須田艦長も他に思い当たるものがなかった。しかし、最接近しても高度六万キロ以上ある小惑星など点としてしか映るまい。

「あと、自分も詳しくないですけど、天体観測では電波を受信するものもあるそうです」

「電波受信といっても、本艦のＥＳＭ（電波探知装置）はレーダーとかミサイルシーカー用のものだろ。小惑星に軍事施設でもあれば別だが、天体観測の役には立つまい」

「そうですが、何を目的に観測するのかが不明確なのですから、ＥＳＭが対象とする電波は発せられていませんでした、もまた情報では？」

「君は前向きだな、船務長」

須田艦長はそう口にしつつも、吉川船務長の言い分ももっともと思う。司令部も急なことだったのだろうが、練習艦にいきなり観測しろと言ってきたのは、何でもいいから日本としての情報が欲しいということではないか。命令が曖昧なのも、機密管理の関係かもしれない。

しかし状況は、須田たちが考えているより複雑と思われる動きを示し始めた。

「艦長、来てください、どうも周辺が妙です」

船務長に呼ばれ、須田はＣＩＣへと向かう。護衛艦時代のうみぎりの簡素なＣＩＣに対し、練習艦うみぎりは最新鋭の護衛艦と同じ性能の標準ＣＩＣを採用していた。民生品活用も可能とする共通計算機基盤の考え方をさらに推し進め、同一品の量産でコスト削減を期待することもあったが、それ以上に重要なのは、護衛艦などの中枢部であるＣＩＣを標準化することで、教育の効率化と人材の移動を容易にすることが期待されていた。

ただ小型艦に分類されるフリゲートでさえ今日では五〇〇〇トン前後の排水量であり、

汎用護衛艦でも七〇〇〇トンに迫ろうかという時代に、三五〇〇トン程度のうみぎりに同じＣＩＣを搭載するのは、かなり無理をしていた。

　ＣＩＣを船体内部に設置したのも、収容できる場所が他になかったためだが、おかげで通路一つを潰す結果となった。

　さらにレイアウトの共通性を維持するため、ＣＩＣへの出入口も統一している関係で、外から内部に入るためには、塞がれた通路を迂回しなければならなかった。

　ＣＩＣは円形の部屋で、壁沿いに一〇以上の汎用モニターが表示されている。ただ教官役と見習士官らが詰めているため、大型艦のＣＩＣ以上に人間は多かった。

　須田艦長が入った時、吉川船務長は一つのモニターの前で、レーダーのデータを表示していた。

「モルディブからイギリス軍機が哨戒飛行に当たっています。我々同様に、彼らも同じ小惑星を観測するようです。他にも国籍不明機が一機接近しています。かなりの高度なので、米軍機かもしれません」

「なにか特別な小惑星なのか？」

　須田に問われた吉川も返答に苦労しているようだった。彼がいただろう端末には、小惑星についてのデータを検索していた跡があったが、さほど意味のある情報は出ていないようだった。

「準衛星という特殊な軌道の天体だそうですが、我々が観測しなければならない点は見当たりません」

「地球に激突する……こともないか、六万キロも離れているんだ」

しかし、偵察機らしきものが二機も展開しているとはどういうことか？　いずれもモルディブ共和国の領空侵犯はしていないが、国境からそれほど離れていない。

「艦長、ドローンを飛ばしますか？　あれにもカメラはありますし、確かに電波傍受の能力もあります」

「ドローンか……確かに手段は自由とは言われているがな」

練習艦うみぎりは、護衛艦として建造された時からヘリコプター搭載護衛艦として飛行甲板と格納庫を有していた。現在はヘリコプターは運用していないが、その代わりにドローンの運用設備として活用されていた。現在の海上自衛隊はドローンの運用が前提であり、遠洋航海でもこれらに習熟する訓練は行われていた。

それは須田もわかっていたが、ここでドローンを飛ばすことには躊躇(ためら)いがあった。理由は単純で、練習艦でドローンを運用するのは面倒だからだ。

最初に建造されたうみぎりの定員は二二〇名であったが、護衛艦一隻にそれだけの乗員を用意するなど過去の話。練習艦うみぎりの乗員数は、実習幹部の候補生を含めても九〇人しかいない。

海上自衛隊に限らず、日本そのものが慢性的に人材不足であり、定員を満たしている艦艇など数えるほどだった。だから最新鋭の護衛艦は機関部やダメージコントロールの自動化を大胆に進め、六〇人ほどの人間で運用していた。

自動化と重武装化の結果として排水量は増えたが、乗員は減っているので、海士こそ二人部屋だが、海曹以上は個室が割り当てられた。こうでもしないと人が居つかないためである。

練習艦にしても昔は艦の固有乗員のほかに、教官、実習幹部なども乗艦するため五〇〇名以上が参加したものだが、いまは定員一一〇名で、現実はそれをさらに二〇名下回っていた。固有の乗員と実習幹部のそれぞれが定員割れしているためだ。

だからドローンを運用するとなると、就寝中の者も起こして全員で作業に当たらねばならない。命令自体が曖昧であり、須田艦長も艦のカメラ映像とＥＳＭデータだけで終わらせるつもりだった。

だがその判断を覆（くつがえ）さざるを得ない事態が起きた。

「艦長、大変です。イギリス軍機が墜落しました」

対空レーダーの監視を任されていた実習幹部が上擦った声で報告する。システムは自動でメインのモニターに異変を表示した。時系列に沿って墜落前の飛行機の軌跡が青で描かれ、墜落が察知された時点から赤に表示が切り替わる。

「これだけか？」

「ミサイルは感知されておりません。ＥＳＭもレーダー、シーカーなどの電波は傍受していません」

船務長が報告する。

「爆弾か……」

戦術情報処理装置も、想定される脅威度判定ではテロの可能性が高いことを示していた。うみぎりの装置はＯＹＱ－10系統のものであったが、艦艇の省力化のためサブシステムにＡＩ機能を大胆に取り入れていた。

これは、日進月歩のＡＩ技術の進歩を低コストで導入するためだった。必要に応じてより高性能のＡＩを導入したサブシステムを旧型と交換することで、システム全体の陳腐化を避けることが期待された。言うまでもなく、これにはＣＩＣ要員の負担軽減の目的もあった。民間企業などから中途採用した人材を幹部として即戦力にするためには、こうした機能は不可欠だった。

テロというＡＩの判定は予想外のものであったが、ミサイルも飛んでいなければ、対空火器が狙っていたわけでもなく、機体トラブルでの墜落パターンでもないとすれば、須田艦長でも消去法で同じ結論に至るだろう。

「総員起こしだ、ドローンを飛ばす。墜落状況は不明だが、生存者がいるかもしれない。状況を調べねばならん」

すぐにアラームが鳴り、関係者が集められ、ドローン発射の準備が始められる。イギリス軍機は比較的旧式のターボプロップの固定翼機だった。パラシュートで脱出できた乗員がいる可能性は低いが、ゼロではない。

それにテロの可能性が高いとしても、軍用機に爆発物を仕掛けるというのも容易ではない。至近距離から携帯式の対空ミサイルを放った可能性も残されており、それであればテロリストは周辺海域にいるはずだ。練習艦うみぎりの安全のためにも、そこは確認する必要がある。天体観測はついでに行えばいいだろう。

搭載されているドローンは全長、全幅ともに五メートルほどの無人の固定翼機で、発艦に専用のカタパルトを用い、帰還時には飛行甲板に展開したネットで回収する。ネットの中央にはマークが表示されており、ドローンはそれを頼りに自ら入るのだ。

「艦長、ドローンのデータはどうしますか？　ネット経由で艦隊司令部に転送しますか？」

船務長の指摘に、須田艦長は一瞬迷う。救助者がいた場合、日本政府の支援を受けた方がモルディブ政府との交渉は円滑に進むことは期待できる。しかし、ドローンと艦隊司令部を繋いだ場合、操縦を自分たちではなく、艦隊司令部が行いたがることは珍しくない。

それは規則でも認められているし、本来、ドローンは艦隊司令部に現場の状況を伝達する任務もあるのでおかしなことではない。ただ艦載のドローンを自分たちの頭越しに操縦されるというのは、自分たちの動きも艦隊司令部の都合で決められることを意味する。

厄介なのは司令部側のミスでドローンが墜落するようなことがあった場合、回収するのは他ならぬ自分たちであるからだ。それでも回収可能ならまだいい。軍事機密の詰まったドローンは、回収不能と内蔵ＡＩが判断すると中枢部を爆破することになっている。司令部の気まぐれで回収不能となり、貴重なドローンを自爆させられてはたまったものではない。

「緊急時にはドローンの判断で、ＩＤＳＰ（環太平洋統合防衛システム：Integrated Defense System for the Pacific Rim）経由でデータだけ艦隊司令部に送れるように設定すればいいだろう。常時中継では操縦桿をあちらが握りかねないからな」

「了解です」

ドローンはカタパルトで無事に射出された。そのまま哨戒機の墜落地点に向かうと思われた。しかし、未知の超低周波を観測したとの報告を寄越すと、そちらに向かってゆく。

「超低周波……潜水艦か？」

潜航中の潜水艦を探知するのに超低周波を用いることは珍しくないが、飛行中のドローンがそれを拾うとは思えない。じっさいＣＩＣの対潜水艦戦コンソールは異常がないことを告げている。

ドローンは超低周波が移動していることを報告するが、音源は見当たらない。しかし、ドローンはそれが練習艦うみぎりに向かっていると報告してきた。

その後に起きたことは九〇名の乗員すべてが理解できないことだった。練習艦は一瞬で艦首から艦尾までを斜めに切断されたのだ。船体は切断面から左右に割れ、航行中の慣性もあって、一瞬で海中に没してしまった。そこは水深が二〇〇メートルほどあり、海上から船体を発見することは不可能だった。

ドローンは母艦との接触を失ったと判断する。現在の燃料では海上自衛隊の基地に帰還するのは不可能だった。ドローンのＡＩは機密保持条項を作動すべきと判断し、自分の探知したすべてのデータを日本の艦隊司令部にＩＤＳＰを介して送信し、内部の海図情報を参照、到達できるもっとも水深の深い海域に移動し、そこで自爆した。すべての破片は海中に没した。

二〇三X年四月一五日・オシリス

「今日は四月一五日か」

武山隆二は、自分がねぐらとしている洞窟の中で目覚めた。天井まで二メートルほど、広さは五メートル四方ほどある。昼夜の別はわからないが、壁に埋め込まれた小さな点光源が一二時間ほどの間隔で光量を変化させるので、それが昼夜のかわりだ。

いま目が覚めたのも、光量が増えたためだ。それで日にちがわかるのは、スマートウォッチがあるからだ。スマホはすでにバッテリー切れで使えず、予備バッテリーも残量はないが、スマートウォッチの方は時間を知るだけなら照明があれば十分だ。文字盤の太陽電池のおかげだ。

ただし、それ以上の機能は電力不足で使えない。

時計は使えるとして、武山はいまだにスマホを手放せないでいた。自分の持ち物で唯一の力になりそうな道具だからだ。何らかの手段で電気が手に入れば、スマホは復活し、次のアクションが起こせる。チャンスを待つのだ。その想いが武山を支えてきた。

何よりも、自分以外の人間がここにいるのかもしれないという可能性が彼に希望を与えていた。

一ヶ月ほど前にこの小惑星に幽閉された時、スマホはかすかだがインターネット衛星の電波を捕捉していた。距離は遠いが電波を遮蔽するものが何もない真空だからこそだろう。ただ距離が遠すぎるために、接続しようとしてもタイムアウトになりネットワークの利用は期待できなかった。そしてスマホのバッテリーが切れ、いまは電波の有無もわからない。

心霊スポットでパイプを組み合わせたようなロボットに襲撃され、宇宙船に乗せられてここまできた。

ここに拉致された時、彼はまず自分の持ち物を確かめた。自分が使える道具を確認するためだ。卓二の持ち込んだ撮影機材のトラブルに備えて、愛用ツールを装備したジャケットを着用していたのは幸いだった。どれだけ役に立つかはわからないまでも、丸腰ではないことが彼の精神の拠り所となった。

ジャケットにはシリアルバーが二本と三五〇ミリリットルの飲料水パックが入っていた。これも墜落したドローンを回収した時に、血糖値の低下によりハンガーノックに陥った経験から持つようにした。飲料水がペットボトルではなくパック式なのは、身体を動かしても容器が邪魔にならないためだ。

武山は窓の向こうの地球を眺めながら、シリアルバーを二本とも食べ、水も飲み干した。彼は思い出していた。人間が死亡する三つの三。窒息すれば三分で死亡、水がなければ三日で死亡、水だけあれば三週間で死亡だという。ここに食料や水があるなら、シリアルバーを食べてしまっても平気だし、飲料水さえないならば、この程度の食料を温存したところで意味はない。

この施設を建設したのが、どこかの異星人としても、こうした与圧空間を用意していることから、最悪の三分で死亡という事態だけは免れた。

あとは飲まず食わずで三日間か、壁の結露でもいいから水が手に入るなら三週間は生きられる。むろん水と食料の両方を確保できるのが最善だが。

窓からの景色では、地球以外に目につくのは木星や金星であり、月は見当たらない。やはりこの重力の小さな場所は月なのか。

武山はとりあえず、自分のいる空間を探検することとした。月は乾燥し切った世界だが、ここの空気には湿度があり、ならばやはりどこからか水は調達されているはず。

しかし彼は、地球が見えた窓から再び宇宙船に戻ろうと通路を歩いていたが、かなり歩いたはずなのに、自分を運んできた宇宙船の姿がない。格納されていたであろう空間はあったが、最初の印象とは違う。

変容した卓二から逃げるのが精一杯で、周囲の状況を観察するゆとりなどなかったが、少なくとも目の前に見えるような、岩肌が剝き出しの空間ではなかった。

一緒に宇宙船で運ばれてきたはずの麻里や卓二の姿もなければ、宇宙船そのものも消えている。道を間違えようにも長いトンネルを走っていただけで、迷うようなものではない。しかし、卓二も宇宙船もいない。

どういう原理なのかはわからない。もしかして、通路自体が変化しているのか？　武山はそんなあり得そうにないことも考えてしまう。しかし、壁面がいつの間にか岩肌に変化するというのは、そういうことなのではないか。

それを確認するために、彼は窓へと引き返す。少なくとも主観的には引き返したはずだが、窓は消えていた。通路は岩肌が剝き出しの洞窟に変わっており、窓と格納庫を三往復するくらいは歩いたはずだが、窓には行きつかなかった。

あるいは低重力のために方向感覚や上下感覚が狂い、道を間違え続けているのか？　そこで武山は今更ながらの事実に気がついた。洞窟の照明は天井に並ぶ小さなＬＥＤのような点光源だけで、暗さは感じないものの、照らされている領域は通路幅だけだ。

ここが地下施設なら照明がなければ漆黒の闇であり、つまり地下道が複雑に分岐する中で、自分は照明で示されたルートだけを歩まされていたのかもしれない。

そうであるなら自分は、この施設を建設した異星人の誘導に従って動いていることになる。武山は持っているツール類から細身のペンライトを取り出して、周囲の壁を照らしてみるが、隠れている分岐点は見当たらない。ペンライトの光量ではそもそも発見は無理だろう。

何者かが武山を誘導していることがはっきりとわかったのは、通路の先に洞穴のような空間を見つけたときだ。その空間だけが明るく、しかも直径は三メートルほどだが、通路よりも広い。

何よりも、そこには小さなテーブルが置かれ、その上に水差しと皿が置かれていた。皿の上には、菓子パンがあった。袋に包まれており、パッケージは武山も知っているものだった。クリームパンで、成分表他の表記もなされているが、賞味期限は一ヶ月間のものだ。製造は埼玉県の工場らしい。

水と食料があるなら、自分は当面は生きながらえることができるようだ。しかし、このパンはなんなのか？

異星人が埼玉の工場で製造されたパンを月まで運んできたというのか？　パン屋で購入

したのか？　どう考えても信じ難い。しかもそんな真似ができるのに、賞味期限は二年前に切れている。

武山はパンの袋を開いてみたが、プラスチックの感触が何か違う。さらにパンそのものも、彼が知っている菓子パンとは違った。少し齧（かじ）った味は普通のパンだが、食感が違う。真ん中から二つに千切ると、クリームパンと書いてあるのに、クリームはない。ただ味にクリームの甘さはある。クリームパンというより、それによく似た紛（まが）い物（もの）としか思えない。

おそらく二年前に異星人はどのようにしてかこのクリームパンを入手し、彼らなりに完璧な複製を試みたのだろう。パッケージの材料や表記・デザインはコピーも容易だ。

ただクリームパンの複製はそうはいかず、組成を再現しただけで、パンの発酵もわからず、クリームは別物という知識もなかったことが、こうしたパンとなったのだろう。

しかし、これはどういう意味があるのだろうか？　パンを出すというのは自分を生きながらえさせるという意図によるものだろう。だが、そうだとすると麻里や卓二はどう説明するのか？　彼らを無造作に殺し、あるいは人体実験まで行いながら、自分は無傷だ。

自分と麻里たちにどれほどの違いがあるというのか？　さほどの違いがないならば、つまりはすべてが偶然ということになる。そう考えると武山はパンが喉を通らなくなった。

自分がいまこうして生きているのが偶然に過ぎないのであれば、いつまで生きていられるかわからない。あちら側の考え一つで、自分も簡単に殺されてしまうだろう。

だが、この施設を管理するものは、武山を生存させることを選んだらしい。武山はこの地下施設を色々と探検しようとしたが、一度として同じ洞窟に辿り着いたことはなかった。その代わり、新しい洞窟に入るとそこには水と食料が用意されていた。

何を参考としているのかわからないが、与えられた食料は肉の缶詰だったり、缶入りのクッキーだったり、そこに一貫性はなかった。生鮮野菜はなかったが、乾燥野菜が定期的に提供された。

食事のメニューとしては混乱の極みだったが、栄養学的にはバランスは取れているのかもしれない。ともかく武山は脚気になったり壊血病に陥ることはなかった。

さらに肉やクッキーを納めた缶は、確かに武山も知っているメーカーだが、賞味期限などは出鱈目としか思えなかった。五年前のものが普通にあった。

肉や乾燥野菜にしても本物ではなく、生化学的に再現したように思われた。どうしてそんな手間をかけるのかはわからない。

だが一つの可能性が浮かんだ。異星人たちはどういう基準か不明だが、麻里が改装しようとしていた廃ホテルを拠点として選んだ。そこに残っていた缶詰や菓子パンを分析し、武山に提供しているのではないか。要するに忘れられ、捨てられていた食料を分析したわけだ。だから異星人の活動は二年前からではなく、もっと最近なのかもしれない。

いうまでもなくトイレなどないので、ねぐらから離れた通路で排泄を済ませたが、いつの間にか消えていた。それも分析に回されていると彼は考えていた。

一方で、二日に一度の割で、池のようなものと遭遇した。長さ二メートル、深さ五〇センチほどの窪地に水が溜まっているのだ。水温は人肌ほどだ。

どういう意図によるかはわからないが、この池のおかげで風呂と洗濯ができた。あるいは異星人は、あの廃ホテルを解体する中で、風呂場の存在を知ったものの、何に使うのかわからずに、こうして再現してみたのかもしれない。いずれにせよ衛生環境を維持できることの利点は大きい。

ともかく当面は死ぬことはなさそうだと、武山は地下施設の探検を続けた。地図を作成し、全体の構造が明らかになれば、次のアプローチができるのではないかと考えたのだ。少なくとも相手の意図を推測する材料が手に入るかもしれない。

しかし彼は、その調査を始めてすぐに事態がそこまで単純ではないと思い知ることになる。調査結果が矛盾するのだ。つまり照明による目の錯覚などではなく、地下道は日毎に変化しているのだ。

それは単に平面での出来事ではなく、上下方向にも違っていた。さすがに地面を一晩で掘ったり埋めたりするとも思えず、あるいは通路を組み替えられる機構が施設に組み込まれているのかもしれない。

地下通路が転轍機のような機構を持っていて、それが複数あればパターンはいくつも作り上げることができる。たとえばその機構が二つの選択肢から選ぶだけの単純なものとしても、機構が四つあれば二の四乗で一六通りになる。五つなら三二通りだ。それなら一月以内で、一つも同じルートを通過することはない。武山がそんな荒唐無稽なことを思いついたのは、地下通路の壁の色のパターンなどから通過した記憶はあるが、道順だけが違っているケースが多かったからだ。

それよりも、武山は違和感を覚えていた。通路を登るときには体が軽くなったような気がするが、道を下ると微かに重くなる気がするのだ。

このことに気がついた日のねぐらで缶詰と乾燥野菜の食事を済ませると、武山は持っていたパラシュートコードを一メートルに切断し、重さのわかっているマルチツールを吊るして振り子を作る。そして振り子の周期を計測して、まずその場所の重力加速度を計算することにした。

計測結果は〇・一五Gであったが、月の表面重力は〇・一六Gのはずだ。何度も計測し直したが、結果は変わらない。月面の地下かもしれないが、そこまで深く宇宙船が潜ったとも思えない。

そして翌日から上下方向に移動すると、振り子で重力を計測する。そうしてわかったのは、一メートル高さが違うだけで、振り子の周期が変化することだった。

それは本当に微妙なもので、武山も周期の計測は腕時計だけで行うよりなかったが、計測を繰り返して統計的に信頼できる数値を割り出す。

そこで得られた結論は信じ難いものだった。月面なら、一メートル程度の高低差で観測可能なほどの重力の差など出ない。

月ではないならどこなのか？　観測データを整理すると、五・四の一〇の一五乗キログラムの質点から五〇〇メートル離れているという結論になった。そう解釈すれば計算は合う。

ただ計算の辻褄は合うのだが、現実的な解釈はまた別だ。ここが月でないなら、小惑星の類と思うのだが、それは質量が五・四の一〇の一五乗キログラムであることを意味しない。均等な密度の小惑星で形状が球体なら、内部に入れば無重力となるはずだ。

どうしても気になるので武山は床に溝を掘って水で満たし、水面に合わせて床を水平に削る。高校時代に何かで読んだ知識だ。そしてその床にスマホを置いてみた。予想通り、水平なスマホと床との間に微かに隙間がある。つまりこの天体はかなり小さいことになる。

これらの観測結果と計算から割り出されるのは、この天体の質量のほぼ一〇〇パーセントが、針の先ほどの点に集中しているということだ。概算で点状の質量から半径五〇〇メートルほどの球面の上に自分はいることになる。点状の質量の位置にもよるが、つまりこの天体は最大でも直径一キロ前後、最小で五〇〇メートルほどという結論になる。

現状がこれで説明できるならば、導かれる結論は信じ難いものになる。条件を満たすとなれば、マイクロブラックホールの類しかない。正直、情報量の多すぎる話だと思った。地球の近傍に少なくとも五〇〇メートルの小惑星が存在するという話は武山も聞いたことがなかったが、そちらは専門家でもないので確信は持てない。

ただマイクロブラックホールを利用できるような技術力があるなら、小惑星を移動させるくらい難しくはないだろう。

その時点ではスマホのバッテリーはまだ一〇パーセントほど残っていたので、武山は残量を気にしながら、自分がダウンロードした書籍や論文の中でマイクロブラックホールに関する情報を検索した。すべての資料を読んでいるわけでもなく、義理で参加した学会で読みもしない資料をダウンロードすることもあったからだ。

そうして検索結果により論文を二つほど見つけることができた。いまはこの資料だけが頼りだ。そしてそれらを読んだことで、彼はこの施設の概要がわかった気がした。

マイクロブラックホールはホーキング輻射という現象により、エネルギーを放出しながら軽くなり、最終的に消滅するという。しかし、放出したエネルギーに等しい質量をマイクロブラックホールに与えれば、それは消滅することなく、エネルギーを供給し続ける。

つまりエネルギープラントとして活用できるのだ。もちろんこの推測は間違っている可能性も少なくない。振り子の周期と床とスマホの隙間以外に信頼できるデータはないのだ。ブラックホールというのも仮説にすぎず、ここで間違っていたらホーキング輻射を用いたエネルギープラントという想定も誤りとなる。

それでも武山は、この仮説にはそこそこの自信があった。そして思ったのは、これは小惑星ではなく、宇宙船ではないかということだ。壁が岩肌なので小惑星と考えたが、放射線遮蔽のことを考えれば、小惑星を宇宙船化するのは筋が通る。地球の周囲にこんな天体があるなど聞いたこともなかったが、最近になって地球軌道に現れた宇宙船なら知らなくて当然だろう。

ほとんどが仮説の積み上げではあるが、それでも武山は状況に筋の通った説明をつけられたことで、精神的にもだいぶ落ち着いた気がした。

しかし、目の前の問題は何一つ解決してはいない。結局のところ振り子であちこちを計測していたのも、現実逃避だと言われればそれまでだ。

とりあえず異星人に自分を殺す意図はないようだが、最終的にどうしたいのかがわからない。いまこうしているのも、自分を観察しているのか、それとも必要が生じるまで飼い殺すつもりなのか、それもはっきりしない。

何よりも不可思議なのは、異星人側が自分とまったく接触しようとしていないことだ。直接会わなくても会話くらいはできるだろう。しかし、武山はこの小惑星の内部で一人彷徨っている。

それでも何かの意図があるのではないかと思うようになったのは、拉致されて三週間ほどした頃だ。いままではねぐらとなる洞窟は毎晩違っていたのに、その頃から同じ洞窟で居住できるようになったのだ。何を意図しているのか、やはり自分は観察されているのだろう。

それが証拠に、ねぐらだけは固定されたが、通路の方は毎日変化し、しかも変化量は増えている。左右の分岐が増えただけでなく、上下方向にも階層が増えている印象があった。言い換えれば彷徨う空間容積が増えたことになる。

こうした状況で、彼は日々を過ごしてきたのだ。この生活の中で一番の懸念は、日々の記録をつけられないことだった。

メモ帳は持参していたが、そんなものはすぐになくなる。そもそも日常のメモというのはスマホの音声認識でテキスト化していたし、クラウドにアップすればメモがどこにあるのかなど意識することもなかった。

スマホのＡＩ機能も検索に関しては賢くなってきたので、曖昧な情報からも探していたメモを見つけてくれるし、自分が忘れていたメモまで発掘してくれることも珍しくない。しかし、それらが使える前提がいまはない。クラウドもなければ、爪に火を点すように節約していたスマホのバッテリーもついに切れてしまった。ペンはあるものの、メモ帳はすでに余白すらない。

最初は黒インクで書いて、すべてページが埋まったら、赤インクで上書きするようなことを考えたが、実際に上書きした最初の一ページを見たらこんなことは無駄とわかった。色違いで上書きすれば、ページが二倍に使えるのではなく、使えないページが生まれるだけだ。

仕方なく、いまはシャープペンシルで床に記録をつけている。屋外作業用の太さ一ミリのシャープペンシルだが、石灰岩のような床に文字を書くのには向いていた。

ただ替え芯はないから、この方法がいつまで続けられるかわからない。いまは同じねぐらだが、変えられたら終わりだ。だから大事なことしか書かない。

最初は明確な目的を持って書いてはいなかった。それでも文章を練るようにしたのは、別の意図がある。朝鮮戦争かベトナム戦争かは忘れたが、捕虜になった米兵たちが食べて寝るだけの生活を強いられた結果、精神的に無能化していったというのだ。頭を使う機会がないから、精神活動が日毎に低下し、遂には死に至ったという。

このため捕虜たちは記憶を頼りに聖書やシェイクスピアを完全に再現しようとしたり、難しい数学の証明に没頭するような活動により、精神を維持していたというのだ。

武山の現状がまさにそれだ。空気は呼吸でき、食料は提供される。つまり動物としては何もせずとも生きて行ける。だがそれに甘んじていれば、人間としての精神活動は死んでしまうだろう。

異星人の意図はまるでわからないものの、外部の刺激から遮断されることで人間は精神的な死を迎える。そうした事実を彼らに知られるような真似は、人類にとってプラスになるとは思えなかったのだ。

そこで彼は自分が幽閉されている世界の構造を知るために、地下道の記録をつけていた。思いついて、壁に等間隔に番号と日付を描いていったのだ。そうすると、ある部分からそれらの記録が消えていることがわかった。

最初は消されたのかと思ったが、まったく予想外の場所で、自分の描いた記録が見つかった。おそらくこの施設は立体パズルのような構造で、通路を自在に組み換えて、無数のパターンを構築するようになっているのだ。彼はそう推測した。

ただ武山は、この通路の組み合わせは実はそれほど多くないと考えていた。理由は、いつも同じねぐらに戻れるからだ。つまり理論的には無数の組み合わせがあるとしても、武山が同じねぐらにたどり着けるようなルートを必ず用意しなければならず、この条件を満たすために可能な組み合わせは大幅に狭められるはずだからだ。

異星人がこんなことをしている理由は相変わらずわからない。いまだに武山への接触はないからだ。ある種の知能検査ではないか、彼はそんなことを考えるようにもなっていた。ただこの施設の構造が明らかになれば脱出の糸口も見つかり、異星人と対面することも可能だろう。少なくとも幽閉されているだけでは何も進展しない。

ともかく通路に記号を描き、その移動について記録をとる。転機となったのはいまから数日前のことだ。

彼は通路に、自分が描いたものとはまったく異なる文字を認めた。自分の鉛筆ではなく、もっと金属質な印象だ。学生時代に建築会社のバイトをしていた時に見かけたメタルペンシルが、知っている中では一番近い。

描かれているのは、複数の日付とA35という記号と「正」の字だった。どうやらこの人物はA35と名付けた場所を五回通過し、複数の日付はそれぞれ通過した日にちらしい。どれもこの一月以内のものだ。

他にもA24とかC7のような描き込みも見つかった。A24は三回通過し、C7は一回しか通過していないらしい。

武山はA35と記された場所に戻ると、鉛筆で自分の名前と幽閉されてから何日であり、ここの通路は立体パズルのように組み換えられているらしいことなどを書き記した。マイクロブラックホールのことはさすがに書かなかった。相手に伝わるかどうかわからないし、おかしな人間と警戒されても面白くない。

彼は大声で叫びながら歩いてみたが、どこからも返事はなかった。ただ、それで考えたことがある。

この施設の通路が毎日のように組み換えられているのは、武山以外の人物が少なくとも一人は幽閉されており、その人物と武山を接触させないためではないか？　この施設が平面構造から立体構造になったのも、人間という存在が予想以上に施設内を探検しようとするため、構造を複雑にして、接触の可能性を無くすためではないか？

それなら牢獄でも設定すればよさそうにも思えるが、この施設を作り上げた存在には、そうした発想はないらしい。

武山以外にここに幽閉されている人物が何者かはわからないが、メッセージは送った。それに対して相手はどう反応するか？　あるいは異星人は武山のメッセージに干渉し、あの書き込みを消去するのか？　武山にはそれからの一日がいままでで最も長く感じられた。メッセージに対する反応は早くも翌日には届いていた。しかし、その文面は信じられないものだった。正直、異星人がメッセージに干渉している疑惑を彼は覚えていた。

「武山隆二様へ。
あなたは本物ですか？　生きているんですか？
相川麻里」

同時期に幽閉されたとしたら、確かに相川麻里なら辻褄があう。しかし、麻里は死んだはずではなかったか？　それも彼女の死を看取ったのは他ならぬ武山なのだ。
もっとも宇宙船が到着した時には、麻里の死亡や化物と化した卓二のために自分の精神状態は追い詰められていた。だから、麻里の死体がどうなったのかまでは見ていない。あれから生き返った可能性もある。そもそも自分の記憶をどこまで信じられるのかが、いまとなっては自信がない。

ただ、よく考えると、この文面には不可解なところがあった。素直に解釈するならば、麻里は武山が死んだと思っているようだ。

しかし、それは考えにくい。武山は生きているのだし、麻里が彼が死んだと思うような場面はなかったはずだ。むしろ生きていたのかと尋ねたいのは武山の方だ。

彼は記憶を辿り、廃ホテルから逃げ出し、麻里や卓二が殺されたのを目撃したことや、宇宙船での出来事をA35と記されている場所に書き込んだ。

その翌日には通路は再び組み合わせを変えたのかA35は消滅していたが、さらにその翌日には戻っていた。そしてそこには麻里からのメッセージが詳細に記載されていた。

その内容もまた武山を当惑させた。麻里によると、パイプロボットに追われて廃ホテルを脱出したところまでは同じだった。しかし、武山よりも先に逃げた麻里と卓二だったが、卓二は麻里をロボットに向けて押し出すと、自分だけが一足早く車に乗り、麻里を置いて逃げ出してしまったという。

ロボットにぶつけられ、息ができずに地面に蹲(うずくま)っていると、武山が車の近くでロボットに囲まれ、首を刎(は)ねられたのだという。

首を刎ねられたのは卓二だし、車で逃げた人間はいなかったはずだ。ただ自分は麻里がロボットに刀で刺されたと思っていたが、実は卓二によってロボットにぶつけられ、倒れてしまったのだとしたら、それを自分が誤解した可能性はある。

しかし、そうだとしても宇宙船の中での出来事はなんだったのか？　あの麻里の傷口から溢れ出した小さな虫のような機械は幻覚だったというのか？

いままでそんなことを考えたことはなかったが、麻里が生きているかもしれないという新たな事実から、自分の記憶に対する疑念が芽生えてきた。そもそもあんな経験をしていて、記憶が正確に維持できるかどうかわからない。非常識な出来事の連続で、現実を正確に見ていなかった可能性もあるのではないか？

じっさい麻里の話と武山の記憶は一致するところとしないところがあり、記憶は違うが似ている認識はある。

武山は卓二の首が切断されたと思っていたが、麻里は武山の首が切断されたと言っている。ともかく誰かの首が切断され、麻里と自分が生きているなら、首を切断されたのは消去法で卓二であり、それなら麻里の記憶が間違っていることになる。

一方で、自分は麻里が死んだと思っていたが、彼女は生きていた。そこは武山の記憶違いだ。

卓二については生死不明だ。武山は死んだ姿を見ているが、麻里は卓二が車で逃げたという。確かに卓二が車に乗り込んだのは武山も見た。しかし、車は動かなかったのではなかったか？

冷静に考えると、武山と麻里の記憶は同じ事実を前にまったく違う認識をしたことが、こうした食い違いを生んでいるように見える。

だが、武山はもう一つの可能性も考えていた。麻里からの「あなたは本物ですか？」という一文に対してだ。それは本当に生きていたのか？　という問いかけと解釈するのが普通だろう。

でも、「偽の武山」だと疑っているとも解釈できる。そう考えると、この壁の文章を書いたのは偽物の麻里の可能性もある。傷口から虫のような機械が湧いていたあれこそが事実であるなら、あのような機械群が麻里を動かしていることも想定しなければなるまい。どの記憶が正しいのか、いまはそのことが問われているのだ。

「相川麻里様

　以下の質問に答えてください。

・高校二年の文化祭が終わった時のイベント

・卓二が飼っていた猫の名前

・僕の通っていた高校（高一の時と高二以降）

よろしくお願いします」

本物の麻里ならば、これらの質問に返答できるだろう。異星人が麻里になりすまそうとしても、こんな情報まではわかるまい。わかったならば本物ということだ。同時に、本物の麻里ならば、この問題を出したことで自分が間違いなく武山隆二とわかるはずだ。そして翌日にはA35に麻里からの返答が書かれていた。麻里も待っていたのだろう。そして異星人たちは二人のメッセージ交換を妨害しなかった。

「武山隆二様へ
回答です。
・文化祭の後で体育館の裏に呼び出すというベタなシチュエーションで、文化祭実行委員の武山隆二という生徒が、同じく文化祭実行委員だった相川麻里という生徒に交際を申し込んで玉砕しました。
・卓二は猫なんか飼ってません。あいつが飼ってたのはインコのメイちゃんです。

・武山隆二さんの通っていたのは私と同じ神戸高等学校で、三年同じ高校です。

納得いただけましたでしょうか？」

完璧な回答だった。何よりも、これは如何にも麻里が書きそうな回答であった。ここまで完璧に返答を再現できる異星人がいたら、そんな奴らには何をしても無駄だろう。

そして回答とは別に、新たなメッセージがあった。それは短いが間違えようがないものだった。

「明日、ここで会いましょう」

これを読んで殴られたような気がした。自分は馬鹿なのか。壁に文字を刻んでメッセージ交換をするくらいなら、ねぐらに戻らずにここで夜を明かせばいいのだ。

それで武山に関係なく通路が組み換えられれば、麻里と再会できる可能性は高い。武山がここにいることで通路の組み換えは起こらないかもしれないが、それならそれで方法を考えよう。

荷物というほど持ち物もない。ねぐらから水差しと菓子パンを持ってきて、その日はここで夜を明かす。そして武山は何者かに起こされた。

「おはよう」

そこにいたのは相川麻里だった。

5　有人宇宙船

二〇三X年四月一七日・NIRC

「祥鳳丸（しょうほうまる）とつながりました」

スタッフの言葉とともに、NIRCの第三危機管理室のモニターに海中の映像が映し出される。

「こちら、映像は良好です」

NIRCで災害・事故調査担当理事で執行役員の新堂秋代（しんどうあきよ）は、会議メンバーに向かって報告する。サブモニターには会議関係者が映っているが、彼女は自分の視界から追い出している。

「ROV（遠隔操作無人探査機：remotely operated vehicle）のデータもいただけます

か？」

「あっ、失礼しました」

応対しているのは水産庁の技官らしい。祥鳳丸は水産庁の海洋調査船であり、日本の船ではモルディブ諸島にもっとも近くの海域にいたのだ。正確にはコンテナ船なども航行していたが、それでは事故調査について意味のあるデータは集められない。

「うみぎりが消息を絶ってから、たった二日で発見できたんですか？」

新堂にはそこが意外だった。あまりにも突然すぎて、正確な位置もわかっていないと聞いていたためだ。通常ならそうした状況では、発見まで早くても数週間はかかるだろう。

「消息を絶った場所は不明だが、うみぎりが飛ばしたドローンがデータを送ってきた。それで海域を絞り込めたのだ」

不機嫌そうにそう説明するのは海自の練習艦隊司令部の幹部だった。NIRCが防衛省の人間から嫌われているのはいまに始まったことではない。NIRCは独立した情報機関ではなく、防衛省傘下に置くべきという意見は少なくなかった。

とはいえ前例のない事態に関して、NIRCの情報量は無視できない。自衛隊の幹部にとっては面白い状況とはいえないだろう。

「いやぁ、祥鳳丸が幸運だったんですよ。航行中に沈船の真上を通ったんで、イメージングソナーがバッチリ船影を捉えられたんです」

水産庁の技官は天然なのか、自衛隊幹部が不機嫌そうなのが面白いのか、何気にドローンの効用を否定する。

その理由はわからないでもない。祥鳳丸は本来、水産庁の漁業調査船として計画された。それが政府の「現役艦艇二〇〇隻体制構築」の中で、「有事には海上自衛隊の海洋調査船としての運用も可能とする」という名目で、建造費の半分を防衛予算から拠出する形で建造されたのだ。

これは一見すると良い話に思えるが、実態は違った。護身用の連装機銃くらいはご愛嬌としても、原子力潜水艦の航行支援のための各種海洋調査機材を筆頭に曳航式ソナーまで搭載され、船型もソナーの都合に合わせて双胴式に変更されたのだ。

こうして出来上がった祥鳳丸は、予算の大半を潜水艦運用のための調査機器が占めることとなったが、防衛省負担は半分で、残りの何割かは水産庁負担となっていた。

しかも、「有事には海上自衛隊の海洋調査船」となるという契約のため、平時の調査船の運行運用はすべて水産庁の予算と人員で賄(まかな)われた。水産庁の主観としては騙されたようなものだろう。だから水産庁技官があえてドローンではなく、祥鳳丸の成果を指摘したとしても理解はできた。

「見えました、船体です」

ＲＯＶのカメラ映像がスクリーンに映る。そこには３５３０という数字が認められた。ただ、その数字の映り方から判断して、船体は直立したような形と思われた。

ＲＯＶは祥鳳丸に搭載されたもので、映像は母船から低軌道の衛星インターネットシステムにより日本へと直接送られていた。

その気になればこのＲＯＶも練習艦隊司令部から直接操作できるのだが、海洋調査船の管轄は同じ海上自衛隊でも練習艦隊ではなく、海洋業務・対潜支援群なので、祥鳳丸のオペレーターに委ねているようだ。

「どうです、専門家として？」

海自の幹部が新堂に尋ねる。考えすぎかもしれないが、言外には「女のお前に何がわかる」と揶揄（やゆ）するような響きが感じられた。

「見てわかるように、数字の向きから判断して艦首部はほぼ直立しています。これは艦首部が浸水しておらず、浮力を維持しているからと解釈するのが妥当でしょう。

しかし、水深を考えれば、この深度で直立状態の艦首部が発見されるとすれば、艦尾が切断されていないと説明はつきません。船体がこのような形で破壊されるとしたら、艦底部の中央で水中爆発があれば起こり得ます。中央から破断して沈没です」

「つまり魚雷もしくは機雷で攻撃されたというのか?」

先ほどの幹部が言う。否定しないのは新堂の説明を受け入れているからだろう。

「そこが問題です。すいません、ROVを甲板部分に移動していただけますか?」

新堂がそう言うと、祥鳳丸のROVは位置を変えて移動する。甲板部には転落防止用のハンドレールがあり、また艦橋構造物の壁には「うみぎり」と表記された救命浮環が固定されていた。

「おかしいですよね。もしも魚雷などによって破壊されたのなら、高性能爆薬の衝撃波により、ハンドレールのチェーンが外れたり、救命浮環の固定が破断しているはずです。少なくとも船体を切断するほどの衝撃波なら。

そうなると練習艦うみぎりは、魚雷などの爆発物とは異なる方法で瞬間的に船体を切断され沈没したとなります。信じ難い話ですが、この状況から言えるのはそうしたことです」

「類似事例は?」

海自の幹部は相変わらず横柄(おうへい)な口調だったが、それでも態度はいくらかソフトになったような気がした。

「これと類似の事例がないわけではありません。金属疲労により船体が破断し、瞬時に沈没するような例は、稀ではありますが記録されています。九〇年代に護衛艦として建造された練習艦なら、それなりの艦齢であるとはいえます。

とはいえ、自衛隊の艦艇がそこまで深刻な金属疲労を放置するというのも考えにくい話です」

海自の幹部はそこで、どこかに何かを確認しているようだった。何か気になることがあるのだろう。「現役艦艇二〇〇隻体制構築」を打ち上げたことで、艦艇の整備状況が厳しいという話は、新堂も把握している。

話は単純だ。日本の造修施設は人手不足と競争力低下もあって最盛期よりも減少していた。そこに二〇〇隻体制達成のために新造艦が増えたが、限られた造船設備を新造艦に取られたために、修理・整備を行う造船所が不足していたのである。防衛機密の問題があるから、造船所ならどこでもいいとはいかないからだ。

特に二〇〇隻体制を達成するために、従来なら艦齢により除籍されていたような艦艇もFRAMを施され、特務艦船として現役で働いている現実があり、「艦艇は増えて稼働率が下がる」のが実情という複数の証言があった。

「うみぎりの整備記録によれば大規模整備こそ遅れているが、航行に支障を来すような問題は報告されていない。金属疲労による船体破断の可能性は低いだろう」

どこからかデータが戻ってきたのか、先ほどの幹部はそう説明した。ただ彼はそう言ったものの、具体的なデータは示さない。新堂もそれは気にしない。

書類データがどういう記載であれ、ＲＯＶが金属サンプルを回収して分析すれば、金属疲労の有無は明らかになるはずだ。すべては現実が解決してくれる。

ＲＯＶは本体のＡＩの働きもあって、ほぼ垂直に船体に沿って自然な動きで降下して行く。映像は二つに分かれており、一つにはカメラからの生の映像、もう一つには視界を遮（さえぎ）っていたマリンスノーなどを画像処理で除去した鮮明な画像だ。

新堂をはじめとして、映像を見ている人間たちは、言葉もなかった。

「綺麗すぎる……」

それが新堂の率直な印象だった。船が突然沈没するならば、相応に損傷部分があって然るべきだが、そのようなものが見られない。突然の事故で艦内に空気が残り、その浮力が海底に激突する衝撃を緩和したのか、船体に金属の歪みも少ないようだ。

しかし、そうした予備浮力が艦内に残っていることと、瞬時の沈没は矛盾する話だ。

「すいません。その深度で船体の周囲を旋回していただけますか？」

「了解しました」

水産庁技官がそう言うと画面の映像も変わる。それは艦橋構造物の後半部に面した甲板部だったが、そこからの映像に新堂も声をあげそうになった。

艦橋構造物後半部から第一煙突にかけての部分が斜めに切断されている。それも包丁で大根でも切ったかのように、切断面も真っ直ぐだ。こんな形で船体を切断されれば、艦内に予備浮力が残ると同時に瞬時に沈没するという矛盾した現象も起こるだろう。

「どうすれば、こんなことが起こるんだ？」

海自の幹部が途方に暮れている声が聞こえた。

「すいません、この近くに艦尾部分が同じように沈んでいると思いますけど、ＲＯＶを移動できますか？」

「位置はわかってるので、すぐ移動できます」

新堂は水産庁技官に、移動を頼む。

「切断面を確認したいので、お願いします。艦尾部も同じ状況なら、方法はかなり限られます」

「心当たりがあるんですか？」

技官はＲＯＶを動かしながら、その方法を知りたがった。

「うみぎりが沈没する前に、近くでイギリス軍機が突然墜落したとの報告が入ってます。この両者が一連の事故であるなら、仮説は立ちます」

新堂が思い出したのはＮＩＲＣの大沼副理事長のことだ。それがどこまで本気なのかはわかりかねる部分もあるのだが、事故現場は軌道エレベーターを設置するとしたら、地球でもっとも有利な場所であるという。赤道直下で重力ポテンシャルがもっとも低い地点なので、そこに設置された軌道エレベーターは安定して維持できるという。

そして今回の件との兼ね合いで重要なのは、軌道エレベーターを構成するワイヤーの材料は、ダイヤモンドの繊維のようなもので、実現できたとすれば飛行機や船舶を瞬時に一刀両断できるだろう。

「艦尾ですね、こちらも似たような形で立ち上がってますね。切断面はこのまま一致していると考えてよさそうです。新堂さんはどう思われます？」

技官も何かを感じたのか、率直に新堂の意見を求めた。

「状況から判断すれば、ウィスカーを実用化した何者かが存在するという結論になりそうね」

「ウィスカーですか、仮に飛行機もそいつに触れて墜落したとしたら、ヤバくないですか？」

水産庁技官もどうやら同じようなことを考えていたらしい。

「クラークって知ってます？」

「もちろん」

技官は即答した。二人の考えが一致したとして、それはかなり重大な可能性を意味する。何者かがモルディブ諸島に軌道エレベーターを建設しようとしている。そうなれば宇宙と地球とのアクセスは劇的に改善する。飛行機と船が切断されたというのは、ケーブルの一端がすでに地球と接しているのだろう。

「さっきから君らは何を話しているんだ？　原因はわかったのか？」

海自の幹部は明らかに苛立っていた。ただ新堂の立場として、ここで軌道エレベーター云々という話ができるはずもない。それにこの想定が当たっているとしたら、報告すべき相手は別になる。

「それについては報告書を作成することになると思います。それまでお待ちください」

二〇三X年四月三〇日・筑波宇宙センター

宮本未生一等空佐が、文字通り着の身着のままで異動して一ヶ月が過ぎようとしていた。懲罰人事のようなものだから、ＪＡＸＡ側でも受け入れ態勢はできていなかった。ただ近年の防衛省との人材交流の取り決めに従えば、異動の要求を拒否もできない。

それに研修の一環で彼女も一年ほどＪＡＸＡに籍を置いていたことがあったのと、宇宙関係の技術知識を持っていることは、ＪＡＸＡにとってはありがたい面もある。

何しろＪＡＸＡも宇宙作戦群に出向の形で中堅層を異動させられた関係で、人材は慢性的に不足していたのであった。宮本にしてほしい仕事はいくらでもあった。

それでも唐突に異動してきた人物だから、唐突にまた自衛隊に戻るかもしれない。そこで、この一ヶ月ほどは宇宙飛行士の訓練を担当することとなった。

その時も宮本はウエットスーツを着用して、ＪＡＸＡの大型プールの中で、宇宙飛行士訓練生の作業を支援していた。

設定は宇宙ステーションにおける組み立て作業だ。プールの底には建設中の宇宙ステーションを想定した足場があり、訓練生はそこで太陽電池パネルを拡張する作業をしていた。

昔と違って、いまのこうした作業は宇宙飛行士だけでなく、作業用ロボットとの協働が中心になっていた。いまも一人の宇宙飛行士が、二台のロボットと作業を行なっていた。

ロボットとの協働ができると、組み立て作業の効率は著しく高まるが、より効率的にロボットを扱えるようになるには、相応の訓練が必要だった。

「ロボットＢが後ろに回っているけど、それは意識してる？」

宮本はウエットスーツだが、頭の周囲は潜水ヘルメットを着用している。内部の装置類の操作は宇宙飛行士と同様に、視線や音声で行う。宮本の主観では、訓練の支援も自分自身への宇宙飛行士訓練だ。

「はい、ロボットBの視界から自分が見えます」

訓練生の音声がはっきりと聞こえる。通信システムに異常はないようだ。

「そのロボットの機動は、何かを目的として？」

「作業現場を俯瞰で確認したいと思いまして」

「それなら、ロボットの不要な機動は避けてください。その視界に依存すると、視野を提供するロボットの位置関係が把握できません。全体の構造を確認したいなら、ステーションの外部カメラの映像を使うか、三次元モデルで確認して」

「了解しました」

訓練生は素直に対応した。宮本はJAXAから見れば部外者のはずだったが、この一ヶ月ほどの間に宇宙関係者の一員と認められたようだった。その一方で、家族とは疎遠になっている。

自分でさえ突然の異動であったのだ。家族にとっては寝耳に水で、夫や実家に説明できたのは筑波に落ち着いてからのことだった。実家は遠方だし、夫も単身赴任中なので私生活の面では実害はなかったが、状況説明には苦労した。

実家は娘の暴走ぶりを、とうの昔に諦めているらしい。そして夫も同様にすでに諦めている節がある。自分たちは拘束しない・されないが条件だけに、今回のことで何がどうなるということはない。

訓練が終わり、宮本もプールの外に出る。スタッフの手を借りて機材を外していると、見慣れない人物がスタッフ数人と親しげに話している。ＪＡＸＡのジャケット姿はどこかで見たような気はする。

「お疲れ様です、補佐官」

「加瀬……君？」

それは第四宇宙作戦隊観測班長の加瀬修造三等空尉だった。しかし、岡山にいるはずの彼がどうして筑波に？

「これから一緒に仕事をすることになりました」

宮本は思い出した。加瀬は元々はＪＡＸＡの職員であったが、宇宙作戦群で先端技術人材が足りないため、適用条件を拡大した特定任期付制度により出向していた人間だ。

加瀬の人事についての詳細は宮本も知らないが、三年から五年でＪＡＸＡに戻ることには暗黙の了解があった。

確かに加瀬が宇宙作戦隊に来て三年ほどになるから、戻ってきても不思議はないが、それにしても唐突な印象がある。もっとも他人の人事を唐突と言えるような立場でないのはわかっているが。

「一緒に仕事って、ＪＡＸＡに戻ったの？」

「あぁ、古巣が職場になったという点では戻りましたけど、いまも僕は三等空尉ですよ。ＩＡＰＯの関係ですよ」

加瀬は当然のことのように言うのだが、宮本には一向に話が見えない。そもそもＩＡＰＯとは何なのか？

宮本が状況をまるで理解していないことに察するものがあったのか、加瀬はカフェテリアに彼女を誘った。宇宙飛行士の訓練棟を抜けて衛星の実験棟に入り、食堂を抜けて目立たない廊下を移動する。するとパーティションで仕切られたテーブル席が並ぶカフェテリアがあった。昼食時間は終わっているためか、飲み物と軽食があるだけだった。

加瀬は慣れたように、トレーに二人分のコーヒーとケーキを載せた。

「ＪＡＸＡも予算がないので増築改築の繰り返しで、こんな場所ができたんですよ。密談には好都合で」

宮本はこんな場所があることなど知らなかったし、教えてくれる職員もおらず、また来たこともない。自分ではすっかり馴染んでいたつもりだが、ＪＡＸＡの職員から見れば、身内とは見なされていなかったのか。そこが加瀬との違いだろう。

「補佐官は宇宙作戦群関係の情報は何も入って来ないんですか？」

加瀬は声を潜めながら尋ねる。

「入ってくるわけないでしょ、私はもう作戦群の人間じゃないんだから」

自分で説明しながら、宮本は急に情けなくなった。生粋(きっすい)の自衛隊員が、どうして自衛隊に出向していたＪＡＸＡ職員から自衛隊の状況を知らされなければならないのか？

「あぁ、やはりなぁ。防衛政務次官か事務次官あたりで、保身のためにあれもこれも機密にしている奴がいるらしいんですよ。それでこの状況でも情報が縦にしか流れない」

「まだそんなことやってる奴がいるの？」

宮本に対して加瀬は容赦ない。

「いるのって、補佐官。そういう連中がいなくなる理由がどこにあるんですか？　情報を身内にしか流さないから出世してきた連中が、情報をオープンにするわけないでしょ」

それは宮本にも耳の痛い話だ。彼女自身、司令官補佐の立場で情報を流す時、身内とそれ以外で差をつけてきた覚えがある。そのことでいまでも忘れられないのは、友人の大沼博子のことだ。大沼は数年前に防衛省に請われて軍事用ＡＩの研究チームに参加していた。それは予想以上の成果を上げたものの、防衛省の事務方に「何でもかんでも機密指定」にする幹部がいたため、論文の発表はもとより、研究に関して外部との意見交換さえできなくなったというのだ。

大沼の防衛省での軍事研究が何だったのかは宮本も知らないが、彼女はそのプロジェクトから抜けても機密指定関係で論文発表ができず、その方面の研究そのものを続けられなくなった。

その後、渡米してスタンフォード大学で研究職のポストを得て、別のＡＩ研究で評価され、ＮＩＲＣに落ち着いたのだ。

ちなみに「何でも機密」にされた軍事研究は、それ以上の発展がないまま陳腐化し、プロジェクト自体が解散となった。ただ、この一連の騒動で責任をとった防衛省幹部はいないという。

そんなドタバタを友人から聞かされていた宮本としては、加瀬の話で何が起きていたのか、手に取るようにわかった。

「軌道の晴れ上がりはご存じですよね？」

「知ってる。私がここにいる理由を作った現象がそれだから。オシリスという小惑星が地球軌道上に乗って、デブリが集まっているというところまでなら把握している。ＪＡＸＡでも話題にはなってるけど、政府のお達しであまり情報はないわね、ここでは」

加瀬は宮本の話に少し考え込んでいた。

「じゃぁ、辞令も内示もないわけですね。どうしたもんだか。

まず、オシリスが地球軌道に乗ったことで、異星人文明の存在が疑われています。準衛星がいきなり地球の衛星になることなんかありませんからね。ただどんな文明なのか、どういう連中が、どういう意図でこんなことをしたのか？　まったくわからない。

そこで、この事態に対処するための専門チームとしてＩＡＰＯ、つまり軌道上における異常現象を調査する国連特別調査班ってのが組織され、日本ではＮＩＲＣが窓口になり、代表には当面は的矢理事長が就くものの、体制が固まり次第、大沼という理事が就任するそうです」

「えぇ、博子が窓口なの！」

「お知り合いですか？」

加瀬は宮本が情報に通じていないことに驚いているようだった。もっとも大沼なら、友人だから情報を流すというようなことはしないと宮本はわかっていた。大沼は規則に従って情報を処理する。自分は組織運営の都合で情報を操作する。作業は似ていても意味はまるで違う。そこが彼女と自分の一番の違いか。それは良し悪しではなく、あくまでも違いである。

「知り合いだけど、だからって情報を流すような人間じゃない。しかし、ＮＩＲＣって研究機関でしょ。防衛省はどうしてるの？」

「自分なんか名ばかりの自衛隊幹部ですよ、上のことなんか知りません。ただ噂では怒ってる人間は色々いるようです。でも、防衛省や外務省がＮＩＲＣと仲が悪いのはデフォルトじゃないですか。

まぁ、市ヶ谷の知り合いの話だと、軍事組織の横のつながりを国連で作るってのは安全保障理事会の案件になるのと、否応なく話がでかくなる。どこの国もそんなことは望んでいない。国民がパニックになるかもしれませんからね。

それに一連の現象が異星人の仕業として、どこまで探査能力があるかわからない。いきなり軍隊が動き出せば危機はエスカレーションしかねない。だから最初は研究機関の横のつながりにする、そんな話です」

「具体的な活動は何か知ってるの？」

宮本はＩＡＰＯの話は初耳で、それが自分とどう関わるのかが見えなかった。

「話は前後しますけど、ＩＡＰＯの発足は、公式にはＩＡＡ（国際宇宙航行アカデミー）の『地球外知的生命の発見後の活動に関する諸原則についての宣言』に準拠した、異星人とのコンタクトプロトコルに従ったという体裁でなされています。

なのでメッセージなどを送ってますが、オシリスからは何の反応もありません。ただ活動中の衛星には手を触れず、機能停止した衛星とデブリだけを動かしている一点からも、メッセージが聞こえていないわけがない」

「反応しないのがあちらの返答ということ？」

宮本はそう解釈した。

「そういう意見もあるようですけど、そうではなくて軌道の晴れ上がり現象こそが異星人からのメッセージとの意見もあります。

あと未確認情報なんですが、異星人はすでに地球での活動に着手している、イギリス軍機と海自の護衛艦が一隻沈められたという噂もあります。ただどちらも老朽化による事故の可能性もあります。海自の護衛艦は四〇年以上前に建造された老朽艦って話ですしね」

「あぁ、何か知らないけど、老朽艦に無理させて沈めちゃったのか、それはありそうね」

宮本が知っている限り、この機材老朽化問題は海自だけでなく、空自も含めた自衛隊全体の問題だった。海自の現役艦艇二〇〇隻体制が老朽艦を使い続ける理由になっているのと同様に、空自には航空機六〇〇機体制という目標があり、そのためF15戦闘機などもいまだに現役だった。ただ整備に手間がかかりすぎるのと、部品の共食い整備も限界と聞いていた。だから宮本には、老朽艦の沈没は異星人の攻撃よりもあり得る気がした。

「まぁ、緘口令も敷かれているので、何があったかはわかりません。これも異星人がらみなら不安材料ですが、明確な攻撃の証拠もなく、事故の可能性も否定できないとか。まぁ、ＩＡＰＯ自体が発足して半月に満たないんで、分析にはしばらくかかるのかも」

ここまで聞いて、宮本は一つの可能性に思い至る。しかし、それを確認するのは怖かった。

「ＩＡＰＯとオシリスの概況はわかったけど、それと私たちがこんなところでこうしている理由は何？」

「確か補佐官は、宇宙飛行士になりたいから空自に入ったんですよね」

二〇三Ｘ年五月五日・ハワイ沖

宇宙作戦群本部の司令官補佐つまりは補佐官として、宮本未生一等空佐は傘下の作戦群について主な幹部の経歴は知っていた。加瀬修造もその一人で、彼が宇宙作戦隊に勤務することになったのは、ＪＡＸＡの小型惑星探査計画の中で、金星探査衛星のプロジェクトをまとめ上げた経験を買われたためだ。

自衛隊に限らず、いまの日本ではそうしたプロジェクトマネジメントができる人間が決定的に不足していた。だからこそ防衛省が彼のような人材を確保したのだ。

筑波に加瀬が現れるまで、宮本は彼についてそれ以上の印象は抱いていなかった。しかし、あれから寝食を共に過ごしてみると、加瀬の役割は宮本の支援ではなく、文字通りマネージャーとなっていた。

「起きてますか、補佐官！」

宮本が入れとも言わないうちに加瀬が入ってくる。彼女たちがいるのは海上自衛隊のDDGP、つまり汎用ミサイル搭載護衛艦なちの艦内である。加瀬は宮本の打ち上げ支援スタッフなので通常なら日本からハワイ経由で現場に行けば良さそうなのだが、あえて加瀬は防衛省や空自の広報とも打ち合わせ、プレス対応を引き受けてくれた。

プレス対応など時間の無駄と思っている宮本は、この点では加瀬に感謝していたが、いまはそれを彼に全面的に委ねたことを若干だが後悔していた。

「ちょっと、補佐官。なんで寝てるんですか！　起床ラッパを聞いたでしょ。JAXAの僕でさえ起きてるのに、一等空佐のあなたがベッドの中とはどういうことでしょうか」

「海自の起床ラッパにどうして空自の人間が従わなきゃならないのよ」

海自の居住区は水兵でも個室で快適と聞いていたが、宮本に宛がわれたのは、三段ベッドが左右に並ぶ部屋だった。ゲストルームということで、じっさい宮本だけが宿泊者だが、ベッドは狭くて硬く寝心地は最悪だ。しかも船だから揺れるのだ。どうしても眠れず、やっと眠れたかという時に加瀬に起こされたのである。

彼女はすでに宇宙作戦群本部司令官補佐ではないのだが、加瀬はいまだに彼女を補佐官と呼んでいた。彼の中では役職名ではなく、ニックネームのようなものらしい。

「加瀬君は寝られたの？」

「もちろん。JAXA時代にはですね、探査機のプログラムミスの修正のために徹夜や床でごろ寝なんか珍しくない。日本の宇宙開発現場は、NASAみたいに衛星運用で青チーム・赤チームのスタッフ交代制なんかやってないんですからね。どんなベッドだって、床よりはマシですよ」

宮本が宇宙飛行士を志した理由の一つは、中学時代に見た映画のシーン、惑星探査機の管制室スタッフがドリンク飲みながら徹夜して、次々と起こるトラブルを解決するシーンに感銘を受けたためだ。しかし、当事者と側で見ている人間とでは、受ける印象は随分違うようだ。

宮本も大人だから、いまさら加瀬の話で決心が揺らぐことはないが、中学時代に聞いていたら、きっといまの自分はなかっただろう。

「それじゃ僕は食事運んできますから、それまでに着替えてください。正装でなくていいです。仕事に行くという演出なんですから作業服で」

「ちょっと、どうして加瀬君が食事を運ぶの？　従卒とは言わないけど、給養スタッフはいないの？」

「ＤＤＧＰって乗員数五〇人なので、海曹士も幹部も同じ食堂で食事です」

宮本も海自に詳しいわけではないが、ＤＤＧＰは基準排水量二万二〇〇〇トンで、空母を除けば海自で最大の護衛艦だったはずだ。それがたったの五〇人しか乗員がいないとは？　でも、確かにあまり乗員は見かけていない。

「僕もあまり詳しくないんですけどね、最初はイージスシステム搭載艦という計画から始まったんですよ。

それで排水量のわりにコスパが悪いんじゃないかって話が出て、ミサイル防衛だけじゃなくて、有事には空母機動部隊を始末できる打撃戦力として、弾薬庫みたいにミサイルを搭載したＤＤＧＰが生まれたってわけです。海自のキーロフ級だという話も耳にしましたけどね。まぁ、なんでも盛り込むのは貧乏性の産物ですよ、人材も不足してますしね」

ＪＡＸＡ職員に戻ってから、気のせいか加瀬の口がだんだん悪くなって行く。

「基本、弾薬庫みたいなものですから、いざ戦闘となるとＩＤＳＰ経由で防衛省なり艦隊司令部が兵装を直接コントロールするんで、乗員がすることと言ったら、船の管理だけですよ」

「でも、五〇人ならダメージコントロールはどうするの？」

「何言ってるんですか、補佐官。こいつは浮かぶ弾薬庫なんだから、被弾したらドカンと轟沈ですよ。ダメコンなんて悠長なことは言ってられませんよ。だからこそこいつを守るために、別に汎用護衛艦がついているんです。

　まっ、そんなことで、食事は僕が持ってきます。五分、いや世間話で無駄にしたから、二分半で！」

　加瀬は本当に二分半でメストレーに朝食を載せて戻ってきた。あまり期待していなかったが、護衛艦なちの食事はなかなか上等だった。しかし、加瀬がいると落ち着いて食べてもいられない。

「後片付けは僕がします。補佐官は控え室に行ってください。僕がドアにダクトテープで控え室って描いたからすぐわかる」

「控え室で何するの？」

「はぁ？　ちょっとご自分の立場を自覚してくださいよ。化粧ですよ、メイクさんが待ってるんですから。

　補佐官はそこそこ美形なんですから、メイクを完璧にして、メディアで映えるようにしてください。これも日本のソフトパワーだと思って。

いいですか、なちのヘリ甲板からヘリコプターに乗って現地に向かう。海に開けたヘリ甲板からはですね、今回の多国籍艦隊演習『勝利の決意』に参加してる米海軍とイギリス海軍、オーストラリア海軍、韓国海軍の艦隊の威容がフレームの枠内に収まるわけです。

その中心に美貌の補佐官が立つんですよ。プレスとの質疑応答はちゃんと頭に入ってますね？」

「どうして私がこの任務に志願したかといえば、それは抑止力というものが平和を維持する上で、宇宙普遍と信じているからです……こんなところよ」

「まぁ、そんな感じで。TVは斜陽でも、この映像はネットで世界中に配信されますから、そこんとこよろしく」

加瀬は生き生きしているが、本当に科学者なんだろうかと宮本は疑問に感じた。

「加瀬君、そんなメディア対応なんかどこで覚えたの？」

「JAXAですよ。外連味(けれんみ)のある演出やら、泣ける演出で競争に打ち勝ってプロジェクト予算確保ですよ。欲しいと言ったら予算がもらえる自衛隊とは、こちとら鍛え方が違うんで」

予算に関しては宮本もいくらでも反論できたが、いまこの男を刺激しないほうがいいというくらいの道理はわかった。

控え室に入ると、すぐにメイクアーティストが宮本の顔を作り始める。子供の頃から目鼻立ちの整った娘さんだとか言われてきたので、内心美貌には少しばかり自信があった。しかし、鏡に造られてゆく顔は、それとはまったく別次元だ。アーティストというのは伊達じゃない。自分でも驚くほどの美貌が鏡の中にできてくる。

そうしてメイクが作られている間に打ち合わせを終えたのか、加瀬が再び現れると、時間を惜しむようにプレス発表の段取りを細かく指示する。

「受け答えはわかったけど、プレスなんでしょ。記者から想定外の質問をされたらどうするの？」

「されませんよ」

加瀬は断言する。

「護衛艦の上は日本の領土ですからね。上陸を許可されたのは日本の記者クラブの人間だけです。ＤＤＧＰは軍事機密の塊だから外国人のプレスは乗せられないと言えば、まぁ、通りますよ。

記者クラブからは四人来ますけど、礼儀正しい大手さんですから、想定外の質問はしません。そこは安心できます、阿吽（あうん）の呼吸ですよ。

それに外国のプレスはＤＤＶずいかくでまとめて対応するんで大丈夫です。万が一にもアドリブが必要なら、決意とか家族のためとか国民の義務とか、そんなような感情に訴える使いやすい単語でまとめれば大丈夫ですよ。専門知識のない連中ですから、何かあったら見出しに使いやすい発言を心がけてください。

でもまぁ、僕らがまとめあげた質疑応答さえ押さえていれば問題ないはずです」

「そのマスコミ対応もＪＡＸＡで覚えたの？」

「プロマネでしたからね。ここだけの話、僕二重でしょ。これ整形したんですよ。カメラ写りがよくなるように。

基本、科学も工学もわからない連中です、絵になる構図と感情に訴えるプレゼンを用意すればいいんです。どうせ技術的な話といっても、衛星は成功したのか、失敗したのかくらいしかないんだから。

あと、こっちも僕が手配しましたけど、記者用のカフェテリアの食事を充実させる。一宿一飯の恩義はいまも生きてますよ」

「なんか、大変だったのね」

それは宮本のまったく知らない世界の話だった。

「まぁ、人間、どんな経験も無駄にはならないってことですよ」

そうして行われた宮本の記者会見は、加瀬のマネジメントで完璧に進行した。予定通りの質問がなされ、練習通りの返答が行われ、カメラの中には加瀬が演出した完璧な構図の絵が入った。

そうして休憩になり、加瀬は護衛艦なちの艦長や船務長と何か打ち合わせ、さらに記者たちにも何かを話す。宇宙作戦隊の時には彼がこんな人材とは知らなかった。

やがてテレビクルーが動き出すと、宮本は加瀬に促されてメイクを直し、その間に護衛艦の飛行甲板では艦載ヘリコプターの準備が完了していた。

なちは艦載ヘリコプターを運用するだけでなく、必要に応じて大型ドローンを射出することもできた。どちらかといえばこの飛行甲板は、ドローンの運用がメインであった。ただドローンが収容されている格納庫は固くシャッターを下ろしている。

艦載機であることを示す部隊識別マークと機体番号を描いた大型汎用ヘリコプターの前に、宮本は作業服姿で立つ。姿勢や視線の位置は、その場の空気で全て加瀬が仕切っていた。照明や音声までが、加瀬の指示で動いている。

カメラのフレームの外で、加瀬が「任務にむかう決意などをお聞かせください」と質問する。

マイクを持った若い女子アナもいたのだが、滑舌（かつぜつ）の悪さと、自衛隊についてあまりにも何も知らないので、加瀬がディレクターに申し入れて自分が代わりに入ったらしい。

一通り加瀬との質疑応答が終わったので、ヘリコプターに乗り込もうとしたら、再び彼から指示が出る。タブレットを見ながら加瀬は、このまま三分待てという。その間に護衛艦なちは針路を微妙に変更している。

「カメラさん！　あと二分半で視界に入ると思うんですけど、ずいかくの艦載機がヘリコプターのエスコートのために、こっちからそっちへ抜けていきます。高さはこれくらい」

加瀬は腕を伸ばして護衛艦ずいかくの飛行経路を取材クルーに示し、タブレットで艦載機の飛行予定を見せた。カメラクルーはすぐにカメラの位置を調整する。

「補佐官、エスコート機が二機、我々の上を抜いていきますから、そのタイミングで乗り込んでください」

「それはいいけど、加瀬君は？」

「乗りますよ。そこはカットするんで。艦載機が飛んで、補佐官が乗って、ヘリコプターが発艦する。そこまでを編集で繋いで一連の映像にするんです」

「どうせなら、エスコート機にスモークでも焚いてもらえばよかったんじゃない？」

それは過剰演出への皮肉のつもりだったが、加瀬は違った。

「それも考えたんですけどね。ずいかくには映える色のスモーク材料がないんですよ。白煙なら出せるんですけど、これくらいの雲量だと、ちょっと映えないんです。なのでやめました」

もしも移動が夜間なら、この男は艦載機からフレアを撒いて夜空に映える演出をやりかねないと宮本は思う。あるいはこれくらい癖が強くないと、惑星探査衛星なんかを打ち上げられないのか。宮本は、宇宙よりも、宇宙に関わる人間の方が怖くなった。

予定通りの時間に、予定通りの角度で二機のF35Cが護衛艦なちの上空を通過し、宮本はカメラを意識しつつヘリコプターに乗る。それから一呼吸おいて加瀬が乗り込んだ。そのタイミングでヘリコプターは発艦する。

「それでは、このまま出発です」

ヘリコプターは急上昇し、猟犬のようだと称されるDDGPなちの姿は小さくなってゆく。

「確かDDGPって弾道ミサイル迎撃から開発が始まったんだよね。大型ミサイルを撃墜する護衛艦から、有人ロケットの射場に移動するなんて、なんか験が悪くない？」

そんな宮本を加瀬は窘める。

「験が悪いなんて、何を非科学的なことを言ってるんですか、補佐官。科学を信じてくださいよ。科学を信じないと罰が当たりますよ」

護衛艦なちの艦載ヘリコプターはそのまま、現在はハワイ沖に停泊しているバラク・オバマ宇宙基地に向かっていた。海底石油の掘削リグを結合したような大型洋上施設であり、台風などを避ける時や打ち上げる衛星の軌道傾斜角の必要によって、自走して位置を変えることができた。

「補佐官、見えますか、あれですよ。我らのラプトルズ9ロケットブースター」

「あれに乗るのか」

宮本は感慨深く眼下の光景を見ていた。ラプトルズ9は民間企業により打ち上げられるロケットブースターだ。細かい改修は行われているが、基本設計は一〇年前と変わっていない。

同じ型式のブースターを一〇年以上も使い続けているため、低コストかつ高信頼性を実現していた。全長七〇メートルの二段式ロケットで、その上に有人の宇宙カプセルが載せられる。

バラク・オバマ宇宙基地は海面から七〇メートル近い高さまで、鉄パイプで組んだ階層を積み上げた構造であった。打ち上げ施設は、船から運び込まれたロケットモジュールの組み立てと整備を行う制御棟と、完成したロケットを実際に打ち上げる発射棟の二つの部分からできていた。通常、二棟は一つになっていたが、打ち上げ時には安全のため発射棟は分離される。いまも、打ち上げが間近いため、全体の三分の一を占める発射棟と、本体である残り三分の二の制御棟に分離していた。

ヘリコプターからは、発射棟の上甲板中央部の円形穴に有人カプセルの先端部分が見えた。ただ事故防止のためにそれ以上は発射棟に接近できず、着陸は制御棟の上甲板になった。宮本はそこから船舶ポートまで降り、ランチで発射棟に移動する。

発射棟が石油リグの応用なのは、打ち上げ時の熱の放出に有利であるのと、パイプを何層も組み上げた構造が、ロケットブースターの整備調整を行うのに好都合だからである。

ヘリコプターから降りると、加瀬にエスコートされ、ブリーフィングルームに案内される。ミッションは七名で行われるが、そこにいたのはまだ四名だけだった。クルーがギリギリまで揃わない点に、宮本はこのミッションの状況が見えた気がした。

「修造、久しぶり！」

そう言って宮本の存在を忘れたかのように加瀬にハグしてきたのは、今回のミッションでの科学主任サンドラ・ワンだった。

「いや、元気だった？　修造とは一昨年のワシントン以来？」

サンドラは加瀬に再会できたことが素直に嬉しそうだった。

「それぞれ」

悪意というわけではなかったが、サンドラの視点では、今回のミッションには天文学の専門家である加瀬がクルーに選ばれるべきで、軍人は船長のマーカス・アポロ大佐だけで十分であるらしい。

正直、サンドラの態度は愉快なものではないが、彼女の意見は理解できた。宮本自身、自分が今回のオシリス調査プロジェクトの一員に含まれていることに驚いているくらいだ。

確かに宇宙飛行士として宇宙に出るのは子供の頃からの夢だったが、それとこれとは話がちがう。そもそも世界的な富豪がチャーターした月周回ミッションをＩＡＰＯが接収して、オシリス探査計画が実行されることになった。月観光が一夜にして科学探査ミッションになったのだ。

宇宙船の打ち上げは急務だったが、ミッションの詳細さえ詰められてはいない。だからこそ有人宇宙船を提供するアメリカの意向により、友好国の人間だけでチームは編成された。

船長のマーカス・アポロ大佐はアメリカ宇宙軍の人間だ。宮本は船務長という肩書きで「日本の軍人」として参加する。ただ宇宙船の定員と観測機材の関係で乗員は七名しか乗せられない。

軍人は二名が限度とされ、残り五名のうち、三名が科学者、残りは外交官と言語学者という編成だ。

科学者は天文学の専門家であるサンドラ・ワンの他に、生物学のリチャード・エトワック、物理学者のノーム・ハーマンの三名。言語学者はキム・ヘジン、外交官はカール・ダンバー、これら男性四名、女性三名が全クルーだ。

「急なことで大変だが、よろしく頼む」

アポロ船長は、宮本にそう挨拶してきた。小柄ながら、いつもエネルギーに満ちているような軍人だったが、さすがに今回は疲労の色が見える気がした。

「こちらこそ、よろしくお願いします」

そう言って彼女も手を差し出し、二人は握手する。宮本とアポロ船長は初対面ではなく、演習や学会で面識があったが、通常は彼との応対は八島空将補が行い、補佐官の彼女は主にアポロ大佐のスタッフに対応していた。こうしたチームの一員として対応するのは今回が初めてだった。

「ケネディ宇宙センターから打ち上げられた居住モジュールＩＡＰＯ１は、無事に軌道に乗ったそうだ」

「計画の第一段階は成功ですね」

「あぁ、我々はこのままプランAを続行できる」

アポロ船長は心底安堵しているようだった。


今回のミッションはIAPOが行う最初の重要プロジェクトだったが、有人宇宙船を提供するアメリカ側の政治的プレゼンスは少なくなかった。船長であるマーカス・アポロ大佐の人選は、そのキャリアと能力から言って妥当なものと思われたが、アポロが人類初の有人月面着陸を連想させるのは自然なことだった。

これそのものは偶然であるが、有人宇宙機がバラク・オバマ宇宙基地から、それとドッキングする居住モジュールがケネディ宇宙センターから、ともに米大統領の名前を冠した施設から打ち上げられるのも、人類の宇宙開発をアメリカがリードしてきたことの意思表示と言われていた。

これは、オシリスに異星人文明との関連が指摘される中では、決して小さなことではなかった。

このことに抗議する国も幾つかあったが、現実には、すぐに有人宇宙船を打ち上げられる国がアメリカしかなく、積極的な宇宙ミッションの必要性は多くの国々も認めているため、大きな動きにはなっていない。

宇宙大国を目指す中国は、むしろアメリカと歩調を合わせる姿勢を示した。最大の理由はＩＳＳがプロジェクトとして完了した現在、宇宙にある恒久的な宇宙施設は中国の天宮（てんきゅう）しかなかったためだ。ただオシリスへの直接的な探査を行うには天宮の高度は低すぎた。例えるならば、天宮がビルの屋上なら、オシリスはジェット旅客機の高度に相当するのだ。生憎（あいにく）と中国もいますぐに有人宇宙船を打ち上げられる状況ではないため、オシリスに直接対応するのは難しい状況にあった。ステーションの三人の宇宙飛行士も、コンタクトを行うには適切な人員とはいえず、また対応できる装備もない。

何よりもＩＡＰＯ１は高高度まで上昇可能なだけの燃料を搭載していたため、オシリスに肉薄することが可能だった。対して天宮は推力モジュールと燃料の打ち上げを行わない限り、低軌道に止（とど）まるよりなかった。

むろんそうしたものを調達する能力は中国にもあったが、相応に時間がかかった。だからいましばらくは天宮からＩＡＰＯ１を支援するのが有利と判断した。

ＩＡＰＯ１に中国人科学者を送るということも議論されたが、そうなると天宮へのアメリカ人宇宙飛行士の常駐問題が生じるため、こちらも議論以上に話は進まなかった。むしろ中国の側では天宮の宇宙飛行士を安全のために帰還させる議論さえ起きていた。

とはいえアメリカがこんな短期間にミッションを実現できたのも、少なからぬ偶然によるものが大きい。宇宙大国アメリカとて、右から左に有人宇宙船は手配できない。

実は昨年ごろから民間有人宇宙飛行を実現すべく世界的富豪が宇宙船をチャーターし、ホテル代わりの居住モジュールを打ち上げる計画が進んでいたのだ。

居住モジュールの半分は燃料タンクで、低軌道で有人宇宙船とドッキング後に一つの宇宙船として加速を再開、月の周回軌道に入って再び地球軌道に戻るというのがミッションの全貌だ。

ミッション終了後に、居住モジュールを将来の宇宙ホテルあるいは民間宇宙ステーションの核にするという意図もあった。

この月周回観光ミッションは、IAPOが接収するだけの価値があった。軌道力学的に月まで飛行できる宇宙船ならオシリスとの邂逅も容易であるからだ。居住モジュールからは無駄な贅沢品を降ろし、観測機器を搭載すれば、プロジェクトが要求する宇宙船の仕様が整うわけである。

居住モジュールとのドッキング成功を前提としたのがプランA、もしもこれが失敗した場合には、有人宇宙船だけで探査を行うプランBを採用しなければならなくなる。オシリスに接近（必要なら着陸も）可能なプランAと比較してプランBは大幅な後退となる。しかし、現状はどうやらプランAで進められそうだった。

到着が遅れていたカール・ダンバーが到着したことで、宇宙飛行士七人全員が揃った。

「それでは補佐官、私はここまで。管制室で支援に当たります」

加瀬は宮本にそう敬礼して報告する。

「敬礼できるんだ、加瀬君も」

「これでも尊敬できる人間には敬礼しますよ。宮本さん、あなたは宇宙に行くべき人だ。

それだけは自分を信じてください」

「ありがとう加瀬君、宇宙で待ってる」

加瀬はその言葉にハッとしたようだった。

「待っていてください、必ず行きますから」

そして七人の宇宙飛行士はランチへ乗り込むために、移動して行った。

6　不滅号

二〇三X年五月三日・NIRC

NIRCの的矢理事は、室内に自分しかいないことと、自分が的矢本人であることを専用デバイスで証明すると、それをIAPOの認証サーバーに専用回線で送る。

やっつけ仕事で作ったとしか思えないIAPOのロゴが現れ、理事会への接続が許可される。

的矢の目の前の画面には一〇人ほどのメンバーの姿が映っている。すぐに全員分が揃うだろう。

ハシナと表示されたメッセージが届く。

「的矢、議長として確認したい。あの提案が現在の我々に可能だと、あなたは信じているのか？」

「信じている。確かに初めての試みだが、個別の技術については十分な経験を人類は持っている。むしろほとんどが枯れた技術といってよいだろう」

「新機軸はないわけね」

「その代わり信頼性はある」

的矢はそう断言した。


ＩＡＰＯは国連機関として発足したが、軌道上の異常現象に迅速に対処するために、活動と組織の整備は並行して進められていた。

事務局長（Director-General）のハンナ・モラビト博士はフランス国立宇宙研究センターの理事長でもある天文学者で、さらに心理学でも博士号を持つという才媛だった。天文学の業績もさることながら、国際的な学会やプロジェクトをまとめ上げた実績で評価されていた。

この事務局長の下に、彼女を直接サポートする本部理事会（headquarters leadership team）があり、主要国の中心的な総合研究機関の代表がメンバーに選ばれていた。日本の代表はＮＩＲＣの的矢正義である。メンバーは現時点で一八名いたが、将来的には増えるのも明らかだった。IAPOの体制が固まり次第、NIRCも大沼副理事長が担当することとなっていた。

現時点でIAPOは三つの部門からできていた。小惑星オシリスに宇宙船を送る部門、地球軌道上の現象を観測する部門、そして相手が未知の文明として、それにどう対応するかの検討部門であった。

この大きな三つの部門の傘下で、さらにいくつかのプロジェクトが進められていた。

このような状況から、世界中に散っている本部理事会メンバーはほぼ毎日、リモートで会議を行なっていた。全員が多忙で幾つもの案件を抱えているため、会議時間は二時間と決められ、結論を出すべき案件も設定されている。

「それでは定例理事会を開始します。議長はハンナ・モラビト。理事は全員出席なので理事会は成立します。

まず、オシリスで活動していると推測される知的存在について、軌道清掃人の意味でオビックと正式に命名されました。以降、本理事会でもこの呼称を使用します」

オビックの命名については数日前の会合で提案され、安全保障理事会で承認されたものだ。無難すぎて印象的なものではなかったが、それがIAPOの目指したものだった。

馬鹿にするでもなく、逆に意味もなく敵愾心(てきがいしん)を煽るものでもなく、可能な限り無色透明な印象をオビックという呼称に持たせようとしたのである。

実際問題として地球でオビックと接触したものがいない以上、その行動から命名するより方法はなかった。

他の組織なら各理事による事実関係の報告などから会議は始まるのだろうが、ＩＡＰＯではそれはなかった。セキュリティを確保した専用の所謂ビジネスチャットツールにより、情報管理と雑談も含むコミュニケーションが取られるのが原則だった。

だからモルディブ諸島での練習艦沈没やイギリス軍機墜落に関するその後の調査情報や、仮説としての軌道エレベーターの存在などについての議論も活発化していたが、ＩＡＰＯ理事会としては現時点では議題に上がっていない。

基本的にＩＡＰＯ理事会は意思決定機関であって、分析やプロジェクト遂行についてはチャットツールでのやり取りで進められた。今回もそうした手順の後の理事会である。

「最初の議題。すでにＮＩＲＣより提案された案件を実行するかどうか、その意見を伺いたい」

的矢は緊張していた。大瀧、新堂、大沼という理事たちが提案したもので、技術的詳細は的矢も必ずしも的確に理解しているという自信はない。可能なら主たる提案者で宇宙開発担当の大瀧賢一（けんいち）理事に説明してほしいところだが、セキュリティの関係でこの場に参加できるのは的矢一人だけだった。

「まず、的矢。概要をもう一度、説明して」

提案書はすでにメンバーのすべてが読んでいるはずだが、それでも議長が的矢に説明させるのは、天文学者である彼女にも確信が持てないためではないかと彼は思った。

多くの人間が宇宙のあれこれについて天文学者に質問する。しかし、科学者も万物に通じているわけではない。中性子星やブラックホールについては権威とされるハンナ・モラビトだが、宇宙船に詳しいわけではないのだ。そしてそれは的矢も同様だった。

「現在、ＩＡＰＯ１として有人宇宙ミッションが進行中だが、化学推進ロケットでは、軌道上で可能なミッションの選択肢は限られる。

これは資料にあるようにオビックとどう対峙するかという次元の話ではない。むしろ宇宙船の性能による機動力の制約が、オビックとのコンタクトで人類の選択肢を狭めるような状況は回避すべきという点から提案するものです。

提案したプランは二つ、原子力推進宇宙船と核融合推進宇宙船です。基本的な概念図はすでに送った資料通りですが、簡単に言えば、技術的ハードルが低いのが前者、より高性能なのが後者です。暫定的にこの宇宙船を不滅号と呼んでいます。前者を不滅号Ａ、後者をBとします」

ＮＩＲＣの検討会では、大沼理事から「小型核爆弾を連続して起爆させる核パルスエンジン」という提案があった。これに対して大瀧理事が「大天使ですか」と返して二人は盛り上がっていたが、すぐに他の理事から「現在の国際社会では環境面のコンプライアンスを満たせない」との意見が出され、この案は却下された。

大沼もそれほどこの案を推してはいないようだったが、大瀧の反応を見る限り、何かのＳＦ作品を前提とした冗談だった可能性もある。ともかく、あの二人のやりとりは的矢にもよくわからないことが多い。

「核融合推進で爆縮型だけを前提としているのは、技術的問題ですか？」

それを尋ねたのは南アフリカの安全研究所代表理事のポール・ラディックだった。的矢とは古くからの知り合いだが、会うのは大抵がロンドンやパリ、ベルリンで、南アや日本で会ったことは一度もなかった。彼がこの場にいることは、ＩＡＰＯの選択眼の正しさを証明していると的矢は思っていた。

「そう解釈していただいて構いません。核融合炉に関してはすでにトカマク型のＩＴＥＲが稼働していますが、宇宙船の推進機関に転用可能なほどの技術的経験はありません。そこまで小型化するのは現状では不可能です。

爆縮型核融合炉も実用経験から言えばＩＴＥＲよりも少ないものの、宇宙船に搭載することは技術的には可能です。ただ性能面では原子力以上、トカマク型核融合炉以下というところです」

「ありがとう、わかりました」

最初の議論は比較的短時間にまとまった。焦眉の急は化学推進ロケットよりも高性能な宇宙船であるから、技術的ハードルの低い原子力推進宇宙船の開発が優先されることとなった。

核融合宇宙船に関しては爆縮型の技術を洗練させるものの、研究開発のリソースは原子力宇宙船を優先することとなった。ただし原子力宇宙船は将来的な核融合宇宙船の投入を考慮した設計とすることが決められた。想定している核融合ペレットの組成である重水素・トリチウム核融合炉では高速中性子の発生が問題となるため、それに対する遮蔽物の配置などを考慮するとの方針である。仮に核融合推進が実用化されたとしても、宇宙船は推進機関を交換することでそのまま活用できる。

議論の中で大枠の合意はできたものの、細目については持ち越しになったのは、宇宙船開発における権限の問題であった。すべての技術的課題をＩＡＰＯ理事会が決定するというのは現実的ではない。意思決定すべき案件はいくらでもあるからだ。

そもそもIAPOが国連機関として権限を与えられているのも、さまざまな国の利害関係のバランスに強く影響されていた。主要な研究機関に権限を与えることで、特定国家が意思決定を主導するような形を避けるという意図が働いていたからだ。

つまりIAPOという組織は専門家に強い権限を持たせたというより、国家主権の直接的な衝突を回避するための方便というのが実情に近い。主要国の紳士協定という危ういバランスの上で成り立っているのだ。そのような背景の中で、人類にとって必要不可欠な原子力宇宙船開発が影響を受けないようにするためには、相応の自由裁量を開発チームに与える必要がある。しかし、だからといって理事会の監督がまるで届かない形も望ましくない。

これは開発チームをどのような形にするのかと、開発参加国の役割分担の問題でもあった。複数の国々がそれぞれ担当するコンポーネントを開発し、最終的にそれらを結合して完成品を何隻か建造するのか（一隻では話にならない）。

あるいは幾つかの国がそれぞれ完全な形で一隻ずつ完成させるのか。それだけでも物や情報、人材の流れが違ってくる。

これらについては、同一コンポーネントを複数の国が担当し、それらを組み立てて宇宙船を建造することがまず決まった。これは万が一にも一つの国でコンポーネントの製造が不能となった時も、宇宙船建造を止めないためだ。

先進国がそれぞれ一隻建造するという案は否決された。理由は簡単で、原子力宇宙船を一から十まで自国だけで建造できる国などないからだ。これは特定国家に権力が集中しないようにとの政治的な意図もある。

暗黙の前提として、原子力宇宙船の開発はオビックからの攻撃を想定していた。製造施設に攻撃を含む妨害があることも織り込んでの計画だった。このため冗長な部分も残されていた。

また議論の中で、暫定合意とした部分もあった。それは、完成品を宇宙に打ち上げるのか、幾つかに分解して軌道上で組み立てるのかという問題だった。

軌道上で組み立てるという案にしても、分割した完成品を軌道上で再結合するという案と、コンポーネントを宇宙ステーションに送り、そこで組み立てるという二案があった。オビックの脅威を前提としながらコンポーネントレベルから組み立てるのは、技術的ハードルは低いものの、リスク管理の面で不安要素が多かった。

製造を妨害されないとしても、組み立て過程で宇宙船の構造がオビックに筒抜けになることは覚悟しなければならない。この事実が相手とのコミュニケーションツールに活用できる可能性はあるものの、リスクはリスクだ。

それでもこの方法を一概に却下できないのは、コンポーネントからの建造の場合、最大規模の原子力宇宙船が建造できることだ。完成品にせよ分割構造にせよ、地球で組み立てる場合には既存のロケットブースターの搭載量という制約を無視できない。

現在の世界で低軌道への打ち上げ能力が最も高いのがラプトルズ9ヘビータイプだが、ブースター増強でも八〇トンしかない。つまり宇宙船一隻を完成した形で打ち上げるなら、燃料などの消耗品を別に打ち上げるとしても八〇トン以内に抑えねばならない。

現実的な数値として四分割で打ち上げるとしても、最大で三二〇トンにとどまる。

しかし軌道上で組み立てるなら、現在の技術水準でも一〇〇〇トン程度の宇宙船が建造できるだろう。

最終的に理事会では、地上から打ち上げられる八〇トン型、四分割して打ち上げる三二〇トン型、そして軌道上で組み立てる一〇〇〇トン型のいずれかを、専門のエンジニアチームに検討させることまでが決められた。そこで理事会は終了した。

的矢はそのタイミングで議長のハンナにメッセージを送った。

「たとえば三つすべてを同時に行うことは可能だと考えますか？」

「知っての通り、我々には予算執行の権限はありません。我々に可能なのは専門知識を活かした提案までです。権力を持って提案を具体化できるのは、国連の名の下でそれぞれの主権国家ということになる。

ただ個人的な経験から言わせてもらえば、予算額は各国政府がこの案件にどれだけの恐怖を感じているかで決まるでしょう。恐怖が強ければ、三つのプロジェクトは並行して行われる。

この場合、三つのプロジェクトは目的が違う。もっとも早期に打ち上げられるのはもっとも小さい八〇トン型。それを打ち上げることで、他のプロジェクトのための技術検証を行う。

そして本命は四分割の三二〇トン型。開発期間と技術的ハードル、さらに妥協できる性能面で、これに開発資源が集中することになる。

私は技術に明るいわけではないけど、最初の八〇トン型を本命の三二〇トン型と結合できる設計にするなら、資源は無駄にならず四〇〇トン型宇宙船にできる」

「あるいは、その八〇トン型は四分割案に含まれたもので、やはり三二〇トン型になるかもしれない」

的矢の指摘を、ハンナも否定しなかった。

「その可能性もある。八〇トン型だけで五隻、六隻そろえ、結合モジュールで一つの宇宙船を構成するとか……まぁ、そこは技術部門に判断を委ねるよりない。

それでも一〇〇〇トン型は開発されるでしょう。あるいはそれは原子力ではなく、爆縮型核融合炉を搭載するかもしれない」

「それは、開発過程で技術的なブレイクスルーが期待できるということですか？」

的矢が知るハンナ・モラビト博士は、こうした起こるか起こらないかわからないブレイクスルーに期待するような科学者ではなかった。どちらかといえば枯れた技術に信を置くタイプだ。

「ブレイクスルーなんか起こるかどうかわからないでしょ」

それは的矢の知っているハンナの反応だった。

「一〇〇〇トン型開発の意義は希望よ」

「希望？」

的矢は意外な返答に思わず聞き返す。

「的矢は心理学があまり得意じゃなかったわね。心理戦には長けてるくせに。簡単にいえば人間の心理は、規範意識と大人の理性と、子供の感情の集合ベクトルみたいなもの。大人の理性が優位なら、社会からは常識的な大人として扱われる。精度の低い説明だけど、大枠はそうしたものと思って。

これからメディアではオビックに関する情報が洪水のように流れるでしょう。各国政府は報道管制を敷こうとするでしょうけど、それが成功しないのは歴史が証明している。何よりも各国政府自体が情報を統制しようにも、オビックについて何もわかっていないことで不安に駆られている。

これにより国民の大半が子供の感情の部分を脅かされ、大人の理性が働きにくくなっている。

だけど、ここで世界各国の政府が画期的な宇宙船を建造しているという事実は、世界の人々に対して子供の不安な感情を抑制し、ギリギリのところで大人の理性を維持させる。冷静に考えれば、一〇〇〇トン型の核融合宇宙船など完成できないと判断すべきでしょう。しかし、画期的な宇宙船の可能性は人類にとって理性を維持する希望となる」

「宇宙船が希望となるのではなく、その開発計画が理性を踏みとどまらせる点が希望なんですか」

「そういうこと。それが社会秩序の維持、もっといえば現体制の維持につながると解釈されれば、各国政府は資金を出すでしょう。オビックの恐怖より、体制崩壊の方がどこの国にも現実的な恐怖だから。悲観的な見方だと思う？」

「いや、そうは思いません。むしろ現在の世界を考えれば楽観的かもしれない」

自分が楽観的と言われたことに、ハンナは不審な表情を浮かべた。

「的矢、だったらあなたはこれ以上に悲観的な想定をしているの？　人類滅亡みたいな馬鹿げた想定ではなく、理性的な判断の中で」

「もっとも悲観的な想定というのは、各国政府が体制崩壊の恐怖に駆られ、徹底した恐怖政治を行う場合です。それにより市民は政府への恐怖心でオビックへの恐怖を忘れられる。簡単にいえば、宇宙の脅威より目先の棍棒です」

　的矢の意見にハンナはしばらく沈黙していた。

「あなたのような理事がいることが、ＩＡＰＯにとっては強みなんでしょうね。ともかく悲劇の不意打ちは喰らわずに済む」

「そのためには、我々だけは大人の理性を維持しないとなりませんね」

「そうありたい、本当に」

　そうして的矢とハンナの会話は終わった。

二〇三Ｘ年五月六日・地球軌道上

　宇宙船の中で、宮本未生はただ一人、エアロックの中にいた。

　宮本は宇宙服のバイザー内のヘッドアップディスプレイを介して、先行して打ち上げられていた居住モジュールの接近を見ていた。少し視線をずらせば、エアロックの窓からも居住モジュールの赤い点滅が確認できる。

「内蔵バッテリーの残量は？」

宮本はアポロ船長に確認する。元々が富豪の旅行用の宇宙船なので、技術的な細かい作業はすべて船長と副長の二人が賄うことになる。このためミッション進行の大半は宇宙船のAIにより自動化されていた。乗員の負担軽減では有り難いものだったが、その反面でミッションの柔軟性を失わせた。

今回のミッションの実行を優先した関係で、ナビゲーションを含む各種プログラムの更新はほとんど行われていない。航行する軌道のパラメーターが変更されたくらいである。

「現在のバッテリー残量は三七パーセントだ。電力は低下しているが、居住モジュールそのものは正常に機能している。モジュール内の気圧および温度に異常はない」

「太陽電池パネルだけですか」

宮本は宇宙服の左手首のキーボードを操作して、居住モジュールの構造図をバイザーのディスプレイに表示する。

「折り畳まれた状態の太陽電池パネルの固定ラッチを解除し、パネルとラジエーターを展開します。その後、モジュール内のシステムチェックを行い、ドッキング可能であることを確認します」

「その手順に間違いはない。安全を確認して慎重に行動してくれ」

宮本はアポロ船長に作業手順を復唱し、承認された。船長の背景からは他の乗員たちの会話が聞こえている。会話の中心はオビックに関するものだ。五人の専門家にとって、居住モジュールの不調などは自分たちが関わるような問題ではないらしい。

今回のミッションは、科学調査と可能であればオビックとのコミュニケーションであったため、科学と文化、外交の専門家を最優先で乗せていた。

宇宙船に乗るための訓練も最低限度しか受けていない。だからアポロ船長と宮本副長が宇宙船に関わるすべての作業をこなすことになる。このことは二人も理解していたが、計算外であったのは船外作業が必要な事態が起きたことだった。

それは、居住モジュールの太陽電池パネルとラジエーターが展開できないために、生命維持装置などを内蔵電池で動かさねばならないということだ。

収納時の無駄な空間を無くすために太陽電池パネルとラジエーターは隣接しており、片方が展開されないと、もう片方も展開できない構造になっていた。

主電力を司（つかさど）る太陽電池パネルが展開しないために、居住モジュール内のシステムは電力節約のためアイドリング状態になっていた。このためラジエーターが展開できていなくても、内部の気温は許容限度におさまっているらしい。

このようなトラブルは最近ではほとんど目にしなくなっていたのだが、今回のミッションは急遽様々なものが変更されたために、太陽電池パネル周辺のチェックが甘かったのだろう。むしろ他に大きなトラブルが起きていないことをよしとせねばなるまい。

ただトラブルはラッチの嚙み合わせ程度のものでも、修理はなかなか厄介だった。太陽電池パネルが開かないから内蔵バッテリーで電力が供給されているとしても、電源周辺のチェックを行わねば宇宙船ＩＡＰＯ１とはドッキングできない。ドッキングすれば宇宙船と居住モジュールの電気系統は統合されるが、何かのトラブルが他に潜んでいた場合、ドッキングと同時に宇宙船側もトラブルに巻き込まれる可能性があるからだ。

だから宮本は有人宇宙船の外に出ると、命綱をつけ、宇宙服のスラスターを操作して居住モジュールに移動し、そこで一連の作業を終えたのちに、居住モジュールの内部に入り、一連のシステムチェックを行う必要があった。

それらが終われば、ドッキング自体は自動で行われる。船外活動としては単純なものだ。宮本も宇宙での活動は初めてだったが、ＪＡＸＡやＮＡＳＡでの宇宙飛行士訓練は積んでいた。だから作業手順に不安はない。

不安があるのは、支援要員がアポロ船長しかいない点だ。本来ならば、船外作業を宮本一人で行うことはないし、支援要員もアポロ船長一人ということはない。さらにいえば地上の管制官らの支援も受けられる。

しかし、今回のミッションは時間を優先したために、様々なことが強引に進められた。しかもオシリスとの接触という目的は最高機密で進められていたため、地上から彼らを支援する管制官はいなかった。管制官の身分と守秘義務関係の法整備が間に合わなかったためだ。

今回のミッションが宇宙船の運用には選択肢が少ないと同時に、多くの問題を七人の乗員で解決しなければならないという矛盾した要求も、プロジェクトを急いだ結果であった。

それでも宮本はこの状況をむしろ楽しんでいた。それが嘘ではないのは、バイザーのディスプレイに表示される自分の脈拍が極めて正常であることからもわかる。

じっさい自分がこうして宇宙船に乗り、船外活動をするなど常識的にはあり得ない。本来なら年単位の訓練や経験が必要だ。それなのに自分に白羽の矢が立ったのは、ミッションの政治的側面としてメンバーに日本人を乗せる必要があり、機密管理の関係でそれは自衛隊の佐官クラスの幹部でなければならず、宇宙飛行への高度な知識が求められたからだ。その条件に合致したのが宮本未生一等空佐というわけだ。

「自分は宇宙に出る運命にあったのよ」

　宮本は声に出さず、口の中でつぶやく。こういう発言がメディアに流れれば何を言われることやらわかったものではない。その可能性は低いが用心に越したことはない。

「末生、聞こえるか？」

　それは、アポロ船長と宮本だけの専用回線だった。

「はい、明瞭に。何か？」

「君の脈拍は、こんな状況でも変わらないな。怖くないのか？」

「緊張はしていますが、怖いとは思いません。船長も同じでしょ」

　宮本は軽い気持ちでそう返した。

「いや、私は怖いよ。オビックがではなく、この状況がだ。世界は冷静さを失っている。有人宇宙飛行とは、こんな拙速に行われるべきものではない。

　いまだって太陽電池パネルの展開程度のことで船外作業を必要としている。正直、私は怖いよ。世界の指導者たちの狂騒こそ恐怖じゃないか」

　アポロはそれだけ言うと沈黙した。別に宮本の返答を待っているわけではないのは、秘匿回線が解除されたことでわかった。そして再び一般回線で通信が再開する。

「末生、減圧は終了した。ハッチを開く」

「減圧を確認。作業にかかります」

有人宇宙船の船外作業用のエアロックは狭かった。これは宇宙服が、スキューバダイビングのウエットスーツのような身体に適応したデザインになったからだ。それでも内圧や体温の維持には問題ない。バックパックも小型化され、酸素や水のパックを取り替えることで長時間の活動ができた。

船外に出ると、宮本は居住モジュールの位置を確認する。直径四メートル、全長六メートルの円筒で、中央部にドッキングモジュールがある。彼女は手順に従い移動準備にかかる。視線で宇宙服のＡＩに指示を出すと、バックパックからはＸ字のような形でスラスターが展開する。

昔と違って、視線の向きで移動したい場所を指示すると、宇宙服はスラスターを操作して自動的にそこまで宇宙飛行士を運んでくれる。こればかりは水槽では感覚の違いが大きいため、訓練は仮想現実の中でしかできなかった。

スラスターの自動操縦のコツは、胆力を養い恐怖に打ち勝つことだと宮本は思っていた。宇宙空間や軌道が何かを理解していれば理解しているほど、自分の制御の及ばない自動操縦での船外移動に不安を覚え、余計な機動をかけてしまう。だからこそ姿勢を動かさない。

手足をバタつかせ重心を大きく変動させるだけでも進路は変わってしまうのだ。そうした短慮がシステムを混乱させ状況を悪化させる。つまり船外移動では短慮は不要で、胆力が必要となる。

この時も宇宙服のスラスターは最短経路で居住モジュールに移動した。宮本はスラスターの微調整でモジュールの壁面の取手を摑み、宇宙服の命綱をつける。そしてスラスターを収納した。

「船長、居住モジュールに支点を確保。これより作業にかかります」

「確認した。移動が完了すればミッションの半分は終わったようなものだ。あとの作業を進めてくれ」

「了解しました……船長、宇宙船の位置がズレてませんか？」

宮本には宇宙船が、あるべき場所とは少し違う位置にあるように見えた。ただ比較するものがほとんどない宇宙空間だけに目の錯覚の可能性もある。

「スラスターが作動したらしい。いまは安定している。おそらくドッキングシステムが居住モジュールを追尾しようとしたのだろう」

宇宙船と居住モジュールのドッキングシステムは、互いに相手の位置関係を把握しながらドッキング態勢を維持している。宮本が移動したことで微細な加速が感知され、それが修正されたのだろう。

宮本はそれで納得したが、自身の初の船外活動だけに、それが正しいのかどうか腑に落ちていたわけではなかった。ただただ経験不足を再認識するだけだ。

太陽発電パネルとラジエーターを固定しているラッチの解除は順調に終わった。太陽電池パネルはそのままゆっくりと展開し、完全に広がるパネルのスタートラッカーが太陽の位置を捜索し、もっとも受光量が多い方向で角度が固定された。

それが終わってからラジエーターパネルが、太陽電池パネルと九〇度の位置関係で展開を終えた。

「船外作業は終了しました。これから居住モジュール内に入ります」

「ありがとう。頼む」

アポロ船長からすぐに返事が届いた。居住モジュールの壁面にある手すりを持ちながら宮本は移動し、エアロックのハッチまで辿り着く。宇宙服の左手首の簡易コンソールを操作すると、ハッチの表面に赤い文字で「READY」との表示が浮かび、さらに操作を進めると、青い文字で「OPEN」に表示が変わる。そしてハッチがスライドし、直径一メートルほどの円筒形の空間に照明が灯る。

宮本が手順通りスラスターを畳みエアロックの中に入ると、ハッチは閉鎖し、内部が空気で満たされてゆく。気圧が正常になったことは宇宙服の感覚でわかった。真空とは関節への力のかかり方が明らかに違う。

そうしてエアロックの室内用ハッチを押して居住モジュールに入る。室内用ハッチの構造がエアロックから外開きなのは、ここにトラブルがあっても居住区画内の空気が逃げ出さないためだ。

居住モジュールのコンピュータは電力消費を最小に抑えようとしたらしく、換気ファンも止めていた。だから壁面近くの空気層は痛いほど冷たいのに対して、コンピュータなど一部の作動中の装置周辺だけは夏のように暑い。

ただ壁面や機械に接していない部分は概(おおむ)ね正常な温度を維持していた。

宮本はすぐに居住モジュールのコンピュータに個人認証をさせた上で、システムを起動させる。その上でまず電力システムが太陽電池パネルより正常な電力供給を受けていることを確認する。

そうして手順に従いシステム内のサブシステムに順番に電力を供給しながら、居住モジュールの安全確認を進めてゆく。無駄な手間のような気もするが、居住モジュールでのトラブルとなれば、これくらい慎重になって悪いことはない。

今回のミッションでは居住モジュールと宇宙船が結合した空間の中で、七人が最大で二週間活動する。それだけにトラブルがないことの確認は必要だ。

居住モジュールは本格的な宇宙ステーションではないため、空気循環こそ行われるが、飲料水循環は行われず備蓄の飲料水だけが頼りだ。このためモジュール内の酸素や飲料水備蓄の量がミッションの継続時間を左右する。その備蓄が二週間分ということだ。

「すべてのシステムチェックを完了しました。異常はありません」

「こちらも確認した。すぐにドッキングシーケンスにかかる」

宮本は居住モジュールの通信システム経由でアポロ船長に報告を行なったが、こちらも異常がないことを確認できた。ここからはドッキングが完了するまで宮本にできることはない。

だが意外なことに、コンソールに呼び出しがある。それはアポロ船長からではなく、バラク・オバマ宇宙基地からのものだった。どうやら居住モジュールの通信システムが地上との回線を開いたらしい。

「補佐官、こちらの通信は良好に届いてますか？」

そう話しかけてきたのは、ヘッドセットをした加瀬だった。

「加瀬君、どうして？　コンタクトミッションのために地上管制が始まるのは、まだ数時間先じゃなかったの？」

それに対する加瀬の返答は、このミッションの泥縄ぶりを宮本に確信させた。

「居住モジュールのトラブルを地上から支援する態勢がなかったでしょ。だから自分がこちらで本来のブルーチームとレッドチームから有志を選抜してRチームを編成しました」

「Rチーム？」

「リスクマネジメントのRです」

加瀬は当たり前のように言う。しかし、日本代表の管制スタッフなのは確かであるとしても、臨時にチームを編成できるのか？

「ブルーチームとレッドチームからの選抜なので秘密情報の管理資格に問題はない。というか、そこをクリアしているのはこの二つのチームだけです。

あとはフライトディレクターを説得すれば、何とかなります。彼女にはそれだけ権限がありますし、僕は一目置かれているから」

「フライトディレクターのマディソン・クランツ女史と加瀬君は知り合いなの？」

「MITの同期です。僕は帰国子女でしてね。運命の悪戯があれば、修造クランツになってました、ってなところですかね。満身創痍の金星探査機を復活させたのも彼女はわかってくれてます。補佐官も実感されていると思いますけど、このミッションは典型的な走りながら作ってくタイプです。

お世辞にも理想的とは言えないし、他人様に勧めたいようなものでもない。でも、我々はあるものを使って動かしてゆくよりないんです。

どうです、少しは怖くなりました？」

「そんな話を聞かされて今さら何を怖がれっていうのよ」

「でしょうね。ともかくここからしばらくは、宇宙船と居住モジュールのドッキングとシステム点検を地上の我々の方で支援します。それで異常なしとなれば、以降はブルーチームが引き継ぎます」

「加瀬君は、どっち？」

「レッドチームです。少しは寝ろというフライトディレクターからの命令で」

「それはわかる」

無駄な会話のようで、宮本も加瀬も通信システムの状況を観察していた。すべて正常であったが、宇宙船と居住モジュールのスラスターがいささか頻繁に作動しているのが認められた。

それはいまのところ限定的な動きしかしていないが、頻度は急激に上昇している。スラスターの燃料はまだ十分にあったが、この状況にシステムはドッキング不能という結論を出し、宇宙船との接近さえ果たせない。スラスターのせいなのか、気がつけば両者の距離は一〇〇メートル近く離れている。

「補佐官、そちらのスラスターを切ってみてください。ドッキングシステムのセンサーが干渉しあってる可能性があります。居住モジュールはおかしな回転はしてませんから、現状維持でいてください。それで宇宙船側のアポロ船長が対処するはずです」

「了解した」

宮本はすぐに居住モジュールの姿勢制御用スラスターシステムを停止させた。

彼女には加瀬が何を言っているのかすぐにわかった。本来の月周回ミッションの宇宙機をIAPOが徴用同然に確保したわけだが、今回の調査ミッションのための機材の追加で宇宙船や居住モジュールの質量は増えている。

それに対してスラスターの出力は変わらないから、姿勢制御を行おうとしても想定よりも重い分だけ加速度が違う。加速度が違えば宇宙船の動きも異なり、それを補正しようとコンピュータがスラスターを作動させると、誤差はますます大きくなる。

要するに、宇宙船の質量に対して出力が合っていないために、加速も減速もうまくいかないわけだ。それを宇宙船と居住モジュールが互いに行うから、誤差は拡大する一方だ。なので居住モジュールの方の加速を停止させ、宇宙船側をゆっくりと接近させようというのである。しかし、宇宙船は一向に居住モジュールとドッキングしようとしない。むしろ離れつつある。

「こちらはアポロだ。再度のドッキング作業を開始する。まず高度の調整か……」

「加瀬君、何が起きてるの？」

宇宙船との通信は突然途絶したが、地上との通信はまだ生きていた。

「わかりません。宇宙船の問題じゃない。あの宇宙船にこの加速度は出せません。直前のデータではメインエンジンは始動もしていない。明らかに外部からの力が作用しています」

そして加瀬からの通信も途絶えた。宮本は居住モジュールのシステムを検索する。ミッションでは宇宙船に搭載したセンサーがメインになるが、居住モジュールにも固有のレーダーやカメラは装備されている。

窓からは宇宙船はすでに見えない。だからレーダーを作動させた。居住モジュールのレーダーの性能は宇宙船とのドッキングや分離の時の安全確保のためで、探査範囲には制約がある。

それでもレーダーは宇宙船の姿を辛うじて捉えていた。レーダーが作動するというのは、通信途絶は単純な電波障害ではないことを意味していた。

そして加瀬が指摘するように、宇宙船は信じがたい速度で移動している。すでにこの高度での第二宇宙速度を超えている。つまりあのまま飛び去って地球に戻ることはない。しかもその数値は搭載燃料からは達成できない水準だった。

しかし、異変はそれだけではなかった。居住モジュールのレーザー慣性誘導装置はいつの間にか自分も増速していたことを告げている。宮本が乗り込んだときには秒速七・七キロ程度だったはずが、いまは一〇キロを超えている。ただ、新たな楕円軌道に乗っただけで、加速度はかかっていない。

もしもいまの位置を近点距離とすれば、遠点距離は静止軌道を越えるはず。宮本が計算した結果、遠点距離は六万五〇〇キロと出た。それは自分たちのターゲットであるオシリスの高度に他ならない。

宮本はこの状況でGPSがどこまで信用できるか不安に思い、天測と地球の見え方から居住モジュールの軌道を割り出す。

検算のために何度か計測を行なったが、出てきた答えは一致していた。概ね九時間半後に居住モジュールはオシリスに最接近する。衝突するのか、それとも軟着陸するのか、あるいは素通りするのかはわからない。

ただわざわざ軌道改変まで行なったからには、オシリスを素通りするとは思えなかった。一方で、アポロ船長以下の乗員たちはどうなったのか、それはわからない。オビックが宇宙船を加速したとして、その軌道はどう考えてもオシリスとは交差しない。

あるいは宇宙船だけ母星かどこかに運ぶというのも考えにくい。地球の重力圏を抜けるだけの速度として、太陽系から出るだけでも数年はかかるだろう。

しかし、乗員のことを考えるなら、彼らは危機的状況にある。生存に必要な水も食料も酸素でさえも、すべて居住モジュールとのドッキングを前提としている。宇宙船内のそうした備蓄は持って三日だ。宇宙服をうまく活用すれば数時間は延ばせるかもしれないが、四日までは持たないだろう。

可能な限り多くの人員を乗せた都合で、そうした消耗品の備蓄は十分ではなく、水も空気も再利用するようにはなっていない。だからオビックが宇宙船の乗員とコンタクトしようとしても、一つ間違えれば、彼らは死体を目にするだけに終わる。

その点では宮本ははるかに恵まれた状況にある。居住モジュールには七人が二週間生存できるだけの物資がある。太陽電池のおかげで電力も安定して供給される。多少のトラブルを解決するための宇宙服もある。

だから単純計算で九八日は居住モジュールの中で生きて行ける。オシリスに最接近したときに何が起こるかわからないが、拉致されるだけなら生存は可能だろう。

もしもオシリスに宮本を殺す意図があれば、機会はいくらでもあった。しかし、それを行使しなかったのは、少なくとも殺す意図がなかったと解釈するのが自然だ。

実は何の関心もないという可能性もある。その場合はオシリスに最接近しても通過して終わりだ。それならそれでいい。居住モジュールの近地点は地球の低軌道と同じ高度だから、別の宇宙船で救助される余地はある。

それでも宮本にはオビックの意図が気になった。どうして宇宙船と居住モジュールで扱いが異なるのか？　そもそも宮本が宇宙船から船外活動で移動したことを知っていたのか、いなかったのか？

とはいえオビックが何者なのかさえわかっていない中で、その意図を解明しようとするには情報が少なすぎた。だからこその、このミッションなのだ。

地上との通信は何度も再開を試みたが、こちらはまったく反応しなかった。しかし、どういうわけかレーダーだけは機能している。それは居住モジュールが通過する空間周辺の人工衛星の姿を捉えていた。軌道の晴れ上がりのためデブリの姿はなく、レーダーが捉えるのは活動中の衛星だけだ。デブリのない地球軌道は以前と比べればレーダーに捕捉されるものは激減しており、静止軌道周辺を抜けると極端に少なくなった。

宇宙船と離れてから六時間が経過する頃には、地球からすでに五万キロ以上隔たっていた。周辺にはレーダーに察知されるようなものはほぼないはずだった。

だがコンピュータは、レーダーの有効範囲ギリギリの距離を高速で通過する物体の姿を、データ分析により割り出していた。それは幸いにもカメラの視角に捉えることが可能だった。宮本はカメラに指示を出し、その姿を追尾するよう命じた。あるいはオビックの宇宙船を捕捉できたかと思ったためだ。

だがカメラ映像に映ったのは、アポロ船長の宇宙船だった。こんな領域を飛行しているとは思わなかった。オビックにより滅茶苦茶な機動を強いられたのだろう。

レーダーの計測データでは、地球の重力圏から脱出したはずの宇宙船は、どこかで減速し、再び地球周回軌道に乗っているらしい。しかしデータから計算すると、その軌道は近地点こそ地球の低軌道だが、遠地点は地球から二五万キロも離れていた。このままでは地球の低軌道に戻るまでに五日はかかってしまうだろう。それとて宇宙で迷子になるよりはマシなのかもしれないが。

宮本は宇宙船との交信を試みたものの、やはり成功しなかった。船内から赤外線が放射されているので、機械類は正常に作動しており、空気の漏出もないようだ。

オビックが宇宙船の軌道にこれ以上の干渉をしなければ、自力で大気圏に突入し、帰還することが可能だろう。ただ全員の分の酸素がそこまで持つとは思えない。それでも船内の電力消費を抑え、燃料電池の酸素消費を減らすなどすれば、生還は不可能ではないかもしれない。すべては六人の叡智（えいち）にかかっている。

そして居住モジュールの小惑星オシリスへの接近時間が近づくと、宮本は多少なりとも観測に使えそうな機材を動員し、情報収集と呼びかけのための通信の準備を始めた。

とはいえカメラとレーダーくらいしか使えそうなものはない。観測機器はすべて宇宙船の中に積まれたままだ。通信装置はコンピュータによれば異常はない。地上や宇宙船と交信できなかったが、機械的な損傷はないようだ。

カメラの画像でオシリスの姿がはっきり捉えられるようになってから、宮本は宇宙服を着用し、バイザーはすぐ近くに置いておく。攻撃されるようなことがあった場合に備えてだ。

もっとも居住モジュールが使えなくなったなら、その時点で宮本の命運も尽きたことになる。それでもなお彼女は可能な限りの対処はしようとしていた。そうして、傍受しているものがいるかどうかもわからないまま、設定された通信衛星に向けてここまで収集したデータを転送する。ここから先はリアルタイムの情報を流す。

オシリスは小惑星と聞いていたが、カメラにより拡大された表面は、彼女の知っている小惑星の表面形状とは違っていた。二つの小惑星が緩く結合した天体らしく、炭素質の黒い表面と灰褐色の岩のような部分で色調がはっきり分かれていた。

大きさは、最初に説明を受けた通り、差し渡し五〇〇メートルほどだった。ただ居住モジュールはすべてのスラスターが停止している中で、わずかながら加速度がかかっていることをコンソールが表示していた。

それは本当に微細なもので、地球の重力と比較すれば一パーセントにも満たない程度でしかない。だが加速度は加速度だ。しかし、やはり宮本はコンソールの数値とは裏腹に、加速しているという実感はなかった。

宮本も航空宇宙自衛隊の幹部として何度となく航空機には搭乗している。宇宙飛行士になる訓練の中で、飛行機操縦のライセンスも取得した。だからこのくらいの加速度の変化に気がつかないことは自分の経験としてないはずだ。

居住モジュールが加速しているが、中の人間は加速度を感じない状況。それは居住モジュールがオシリスの重力に引かれ自由落下している状況だ。

物理的にはそれで説明がつくが、わからないことが一つある。それは居住モジュールがすでにオシリスの重力圏内にいるということであり、そうだとすれば五〇〇メートル程度の小惑星とは思えないほどの質量を持っていることになる。宇宙服内蔵の会話型ＡＩに計算させると、小惑星として想定した二〇〇〇から三〇〇〇倍の質量を有しているという計算結果が出た。

「こいつはどこか他の宇宙からやってきたとでもいうのか？」

しかし、宮本はその疑問を否定する。オシリスは小惑星２０２５ＦＷ０５と呼ばれていた時代から観測が続いている。三〇〇〇倍も質量が違っていたら、観測で割り出せるはずだ。だから未知の文明の宇宙船が何年も準衛星として地球近傍にいたというのは考えにくい。

あるいはどこかの文明が、小惑星を資源として宇宙船に改造したというのもやはり考えにくい。それだけの作業を人類に気取(けど)られずに進められるとは思わないのと、仮に小惑星を宇宙船に改造したとしても質量が三〇〇〇倍も増えるはずがない。

いずれにせよオシリスでは人類の想像もつかないことが起きている。居住モジュールは着実にオシリスに接近していく。宮本は慎重に計算し、オシリスの重力圏を脱出しない程度にスラスターを作動させ、位置関係を変更する。相手の動きを見るためだ。

位置と加速度の関係を記録し、計算してゆくと、宮本は信じ難いが納得のゆく結論を得ることができた。オシリスの質量は小惑星に満遍(まんべん)なく分布しているのではなく、九九パーセント以上が、一点に集中しているのだ。

そこから導かれるのは、オシリスの内部にナノサイズのブラックホールが存在するという可能性だ。

そう言えば加瀬が、美星の宇宙作戦隊として本部に報告したレポートの中で、軌道の晴れ上がりについて「ブラックホールの如き点状質量」の可能性に言及していた。

あの時点でナノサイズのブラックホールに言及したのは卓見としか言えまい。このことを加瀬に伝えたいと思ったが、居住モジュールからは通信不能だ。

宮本はそれでも、居住モジュールはオシリスの重力圏から容易に脱出できると考えていた。スラスターにはその程度の出力はある。しかし、その前提は一瞬で覆(くつがえ)された。スラスターシステムが一斉に異常を通知したのだ。スラスターは機能しない。

このままではオシリスに墜落というか、着陸することになるが、それよりも宮本が心配したのはここまで蓄積したオシリスのデータだ。これは何としてでも地球に届けねばならない。

宮本は一つの方法を思いつく。居住モジュールには宇宙服が一着ある。それに可能な限りスラスター燃料を増設し、バッテリーも宇宙服内に収めて増設する。そして宇宙服のコンピュータにオシリスの重力圏から脱出するためのプログラムを組み込む。

宇宙服のセンサーが周辺の天体や地球の位置から現在地を読み取り、スラスターを操作する。計算では、周期一八時間ほどの楕円軌道に乗り、近地点距離で低軌道衛星の軌道と交差する。そこでならオシリスの干渉を受けずにデータを送れるはずだ。

そうしてエアロック内ににわか造りの宇宙服衛星を詰め込み、可能な限りオシリスのデータを記録する。圧巻は地表の鮮明な映像だ。遠くでは平坦に見えたオシリスの表面は、推定で数ミリほどの大きさの人工的な何かで覆われていた。目の錯覚でなければ、それらの表面は動いている。一番近いのは腐肉にたかる虫の群れだろう。

これが何を意味するのか、さすがに宮本にもわからない。いわゆるマイクロマシンのようなものかもしれないし、オシリス自身が生物で、これは新陳代謝のような活動かもしれない。

どこで宇宙服衛星をエアロックから出すかの決断は難しかったが、オシリスに近すぎれば妨害される恐れもある。宮本はともかく、情報精度は見切りをつけ、確実に送ることを優先した。

居住モジュールのエアロックを開き、空気圧で宇宙服を打ち出す。スラスターを作動させ、あとはコンピュータが必要な作業を行う。システムは成功だったようで、宮本の宇宙服の無線機は宇宙服衛星の電波を受信していた。居住モジュールの無線システムが沈黙しているのは、使用不能ということだろう。

宇宙服衛星は計画通りの機動を行ったことを、宮本は宇宙服の通信装置で確認したが、すぐに電波は届かなくなった。周期一八時間だから、運が良ければ半分の九時間後にはデータを送ることができる。生命維持装置は作動していないから、五四時間はバッテリーが持つ。だから低軌道で通信を送るチャンスは三回ある。加瀬のような奴が管制室にいるならば、データは必ず届くだろう。

宮本はそこで自身の義務を果たしたという安堵感に浸る。加速はついているが低い重力なので居住モジュールの速度はそれほど速くない。だが宮本はかすかな反動を覚えた。加速度が変化したのだ。しかも停止する方向で。

「何が起きた」

宮本は船外カメラで周囲を見る。そして愕然とした。オシリスの表面から、触手のようなものが現れ、居住モジュールを摑んでいた。

「ゲストとして招かれた……そういうことよね？」

彼女はあくまでも前向きだった。

7　海の怪・山の怪

二〇三X年五月一一日・巡視船ひぜん

「船長、間違いありません。行方不明の宇宙船です」

「ありがとう、了解した」

大久保船長は巡視船ひぜんのブリッジに隣接する指揮所にいた。モニターには海上を漂うIAPO1と書かれた有人宇宙船が浮かんでいる。着水時の浮き輪も正常に展開していた。

「宇宙船に何か動きは無いか?」

「いえ、動きは見えません。発煙筒も焚かれていませんし、窓からこちらを覗く様子もありません」

四面には大型モニターが装備されているが、実を言えばこれらがすべて使われることなどなかった。準護衛艦的な運用を意図した巡視船であるから、通常の任務では過剰な装備だったからだ。

しかし、いまは各方面との通信のためにすべてのモニターが使用されている。正面は飛行中の大型ヘリコプターからのもので、この映像はＩＤＳＰ経由で関係方面にリアルタイムで送られている。

正面モニターの右手にあるのはバラク・オバマ宇宙基地の管制室で、加瀬という日本人が対応に当たっている。ＮＡＳＡではなく、ＪＡＸＡの人間のようなのだが、他の管制官たちは彼を「Second Lieutenant」と呼んでいるので、自衛隊の三等空尉か何かかもしれなかった。

左手の画面はＮＩＲＣという研究機関の大瀧理事と名乗る人物。ただし立場的にはＩＡＰＯなのだという。最近は異星人がいるのいないのと世情は騒がしいが、その関係からかよくわからない組織や機構が増えている。

そして大久保の背後にあるモニターは管区司令部と繋がっていた。ただ、管区司令部を参加させるのは海上保安庁の指揮系統の関係らしく、高位の事務方が張り付いているがほとんど発言はしていない。

巡視船ひぜんが有人宇宙船ＩＡＰＯ１の回収を行うことになったのは、まったくの偶然であった。海上自衛隊のＤＤＧＰあおばが大気圏内に突入する物体を察知し、それがミサイルではなく宇宙船であることが確認され、着水地域が割り出された。

周辺には米軍艦艇も海上自衛隊の艦艇もなく、もっとも近くにいるヘリコプターを搭載した有力船舶が巡視船ひぜんだったのである。状況から一刻も早い救助が優先され、彼らが回収の任務に当たることになったのだ。幸か不幸かひぜん搭載のヘリコプターは、緊急時には離島に大量物資を輸送する補助戦力という位置付けのため、分不相応に大きな機体だった。

「これから宇宙船の回収にかかるが、巡視船の危険や部下の人命に関わるような要素があれば教えて欲しい。然るべき準備が必要となる」

船長の問いかけに返答したのは加瀬だった。どうも宇宙船はＩＡＰＯの管理下にあり、加瀬はその担当者で、ＮＩＲＣはそれらの支援任務があり、管区司令部は加瀬から要求があれば対応するために参加しているようだ。

「宇宙船には打ち上げ時に有害物質や病原体などは持ち込まれていない。したがって回収後にハッチを開け、早急に乗員に医療措置を施してほしい。基本的に全員が打ち上げ時の五月六日の時点で健康面に問題もなく、疾病も確認されていない。

しかし、打ち上げ後の通信は途絶しており、乗員との連絡は取れていない」

加瀬という男の切迫した表情が、大久保には気になった。

「行方不明の宇宙船がこうして曲がりなりにも地球に帰還できたのだから機能していると思うが、酸素残量は大丈夫なのか？」

大久保はそこが最優先事項と解釈していた。通信途絶は装置の故障で説明がつくだろうが、着水に成功しても宇宙船側からなんのアクションも起きないのは不自然だ。ハッチは内部から開けられると聞いたし、発煙筒を焚く装置は内部からも操作できると説明を受けている。

つまり乗員は帰還には成功したが、それ以上のことができないということになる。考えられるのは酸素の欠乏だ。

「現状では通信システムは回復している。ただこちらの呼びかけに応答がないだけだ。それと船内モニターでは、内部の酸素はまだ数時間は持つだけの量がある」

加瀬の表情が切迫していた理由は大久保にもわかった。酸素が予想よりも多く残っているというのは、消費が少なかったため。つまり死亡者がいるということだ。

「ひぜんには医者はいるか？」

「こういう船だから外科医が二名常駐している。看護師も二名いる」

昨今は漁船といえども油断はできず、武装しているものもある。さらに輸出制限の物資が増えると洋上での密貿易も増えてくる。最近は大型ドローンを船舶から発進させ、物々交換するような事例も多い。特殊な半導体などはこうした方法で密輸出されるため、その現場を押さえるのにも機動力が必要となる。

一方で、動く金が大きいだけに相手も武装化が進んでいる。スタビライザー付き機関砲を搭載している密輸船はまだなかったが、機関銃程度は当たり前に装備されている。そうした相手を逮捕しようとすれば、外科医が常駐しなければならない道理である。

「了解した。こちらでも医療スタッフを待機させた。必要ならヘリコプターで増員できる」

加瀬というのが何者かわからないが、どうも彼の権限ではなく、権限を持つものを動かすのに長けているようだ。どこの医療スタッフか知らないが、背景の会話では沖縄かどこかの施設と連絡をとっているらしい。

NIRCの大瀧という男は大久保とは直接会話していないが、加瀬とは盛んに何か話しているようだ。機密管理の関係なのか、そっちの会話はほとんど入ってこない。

そうしている間に大型ヘリコプターが宇宙船を懸吊しながら巡視船に戻ってきた。飛行甲板に宇宙船を慎重に降ろし、それが転がらないように、作業に邪魔にならない範囲でネットで固定する。この状態ではヘリコプターは着艦できないため、臨時にDDGPあおばに着艦することとなった。

最終的に宇宙船はアメリカ海軍の強襲揚陸艦に移動することとなるが、ともかくいまは人命救助が優先された。

「ハッチのロックはこちらでいま解除した。そちらで開けるはずだ」

加瀬が言う。それは、宇宙船そのものは正常に作動していることを意味するだろう。大久保船長はすでに管区司令部と通じているモニターを飛行甲板の映像に切り替える。

南郷運用指令長が必要な作業を指揮した。彼らはドローン開発のために乗り込んでいるわけだが、宇宙船に触れられるというので積極的に協力してくれた。武山とかいう南郷の部下が行方不明ということなのだが、彼らはそのままプロジェクトを継続してくれている。

運用指令科の人間がハッチを開き、カメラを装着しながら内部に入ろうとして悲鳴をあげ、その場で嘔吐した。ただ一瞬映った光景に大久保も、加瀬や大瀧もほぼ同時に声をあげる。

宇宙船内は鮮血に染まっていた。無重力状態で大量出血が起きて、船内全域が鮮血に染まったのだろう。

しかし、それ以上に衝撃的だったのは、物理学者のノーム・ハーマンの首が転がっていたことと、サンドラ・ワンとネームのついた船内作業服の首なし死体があることだった。

居住モジュールの宮本以外の六人がこの宇宙船に乗っていたのに、少なくとも二名は死亡している。しかも首を切断されて。

急遽、作業は特別警備隊員に切り替えられた。どのような状況であれ、二人を殺した犯人は宇宙船内にいる。

この状況に加瀬もその背後にいる管制官たちも、ひぜんの特別警備隊員たちの判断に委ねるしかなかった。隊員たちはまず武器にもなるカメラ付きのロッドを内部にいれて船内の状況を確認する。このロッドは複数のレーザーレンジファインダーが装備され、短時間で内部の状況を正確に計測することができた。

「管制室、宇宙船に刃物は積まれていたのか？」

警備隊員の指摘は加瀬たちが完全に見落としていたものだったらしい。管制室内でスタッフたちが何か議論を始めていた。

「確認した。宇宙船内のツール類で首を切り落とせるようなものはない。また一刀両断できるような技能の持ち主もいない」

「なら、どうやって殺した？」

そう言いながら警備隊員が一名、拳銃を構えて突入する。ハッチの左右両脇では他の隊員が待機している。加瀬は生存者がいたら身柄を確保しろと言っていたが、それには大久保も黙ってはいられなかった。

「船長として言わせてもらう。隊員にも身を守る権利がある。生存者確保は優先事項だが、正当防衛の権利は何人（なんぴと）も奪うことはできない」

「その正当防衛の権利よりも、生存者の確保が優先するんだ。中で何があったのか、生存者の証言が人類の存亡につながるかもしれないんだぞ！」

加瀬はそう主張するが、大久保は突っぱねた。

「例外は認めない。宇宙から何か来ているとしても、いや、だからこそ現段階で個人の尊厳を人間自身が認めないとしたら、この先、偉い奴の指示で虐殺が正当化されるところまで我々は追い込まれるんだぞ」

「ともかく生存者の救助を優先してくれ」

加瀬は正面からは大久保に反論しなかったが、納得していないことは画面越しにもわかった。有能かもしれないが権限を与えると暴走しがちな奴。それが大久保の加瀬に対する結論だった。

「生存者がいた！　救出する！」

隊員がカメラを向ける。そこには船内ロッカーの中に隠れた一人の人物がいた。宇宙服を着用しているが、服とヘルメットの色が合っていない。手順に構わず手近の宇宙服とヘルメットを身につけたようだ。ヘルメットの名前はサンドラ・ワンとなっているが、彼女はすでに死亡している。宇宙服のネームはマーカス・アポロだが、この状況では生存者と宇宙服が一致しているかもわからない。

生存者は怯えていたが、相手が人間とわかると抱きついてきた。それを宥め、宇宙船の外に連れ出す。カメラ映像でもわかっていたが、彼の宇宙服は鮮血を浴びていなかった。

「彼が犯人ではないようですね」

加瀬が言う。それは大久保ではなく、大瀧に対するもののようだ。しかし、現場責任者としてはその根拠を無視できない。

「犯人ではないと言う根拠は？」

「あの人物が犯人なら返り血を浴びてなければおかしいですよ。それにあの怯えた様子は犯人とは思えません」

「なるほどな。隊長、聞いた通りだ。犯人はまだいるかもしれない。注意してくれ」

大久保は巡視船に装備されているトランシーバーで隊長に指示を出す。

しかし、狭い宇宙船である。エアロックにも二名の死体があり、やはり首が二つ転がっている。さらに乗員用のシートの下にも首と胴を切断された死体がある。

大久保は記録をすべて残すように命じると同時に、船内の隊員にすぐ外に出るよう命じた。人命救助を最優先したが、この猟奇殺人の現場は可能な限り状況確保しなければならない。仲間をどういう順番で殺害したかは明らかにする必要がある。物理的事実の中に動機が潜んでいるのだ。

「状況維持は困難だな」

大久保には初めて大瀧の声が聞こえた。

「可能なかぎり行なっている。人命救助のために完璧とはいかないが、過程はすべて記録してあり、そこに手落ちはないと思うが」

「あっ、いや、そちらの問題ではありません。犯行が無重力状態で行われたならば、大気圏に突入し、海上を漂っている間に船内の状況は大きく変わります。地上なら血液の飛沫痕の状況から殺害の順番も特定できますが、無重力状態ではその常識が通用しない。判定できるとしても飛沫が重力によって壁に付着した順番に過ぎません。

とはいえ、そこから我々は分析しなければならない」

大久保は部下の対応が非難されたわけではないことに安堵したが、一方で宇宙空間という場が自分らの常識が通用しない世界であることもわかった気がした。

「生存者の身柄が確認できました、マーカス・アポロ船長です！」

隊長の報告は大久保だけでなく、加瀬たちにも共有されていた。意外だったのは、加瀬がこの状況にホッとしているような表情を見せたことだ。

「彼は殺戮が起きている間も生き残ってくれたか」

「加瀬さん、それはアポロ船長が臆病者という意味か？」

大瀧の疑問を加瀬は強い口調で否定する。

「いや、臆病とかそういう問題じゃない。むしろプロ意識のなせる業だ」

「プロ意識？　隠れることが？」

「生き残ることがだよ！　なかなか理解し難い話だと思うが、宇宙船の船長というのは乗員が全滅しても自分だけは生還しなきゃいけない立場なんだ。同じ事故を繰り返さないために、船長だけは生還しなきゃならない。生還し、事故原因を当事者として報告する。船長には死なない義務があるんだ。

アポロ船長はその義務に忠実に従った。宇宙船が帰還できたのも、彼が生きて制御できたからこそです。

想像してみてくれ、狭い宇宙船で五人の乗員が目の前で首を切り落とされたんだ。それを直視しながら、アポロ船長は生還し、この事実を報告するという義務を果たしたんだ」

宇宙船と巡視船の違いはあるものの、大久保にはアポロ船長に求められる任務の過酷さがわかった。加瀬は大久保にも回線が開かれていることをうっかり失念していたようだった。だから彼らは大久保の知らない話をし始める。

「宮本の報告だと宇宙船はオビックによって、かなり軌道を翻弄されたようだが」

大瀧の指摘に、加瀬の口調も変わった。

「彼女は大した人物だよ。宇宙服を即席の人工衛星にして、我々にデータを送るために機動させるなんて芸当を誰が考える？　あれで我々はオビックの能力についてはかなり把握できたし、ナノサイズのブラックホールが絡んでいるらしいことも確信できた。

僕はでもね、あの報告にあったオシリス表面の微細な機械が鍵かもしれないと考えている。あれはそちらでも分析したんだろ？」

「NIRCではなくIAPOの共有データだからな。居住モジュールのカメラ性能だけでなく、宮本の所見からミリサイズの工作ロボットの可能性が指摘されている。ただ正体は不明だ」

「いわゆるナノマシンじゃないかってレポートはどうなった？」

「加瀬君は相変わらず情報通だな。そういう仮説を立ててるメンバーはいる。昔のSFには、ナノマシンの集合が土塊（つちくれ）から宇宙船を作り上げるような話が当たり前にあった。そういうイメージだ。

　しかし、ナノマシンでもミリマシンでもいいが、一つ大きな問題がある。それは制御だ。ナノレベルで金属表面を切断したり結合したりできる仮想のナノマシンがあったとしよう。

　それがアルミの塊を削り取ってエンジンのピストンとシリンダーを作るとする。ナノマシンの機能と与えられた環境としてはもっとも容易なものだ。要するにアルミの塊を筒状と棒状に削り取ればいい」

「簡単そうだな」

「そう見えるだけだ。こんな単純な作業でも、まずナノマシンは自分の状態と位置を計測し、為すべき動きを考えねばならない。これがまず大変なタスクだ。スケールで言えば、人間をサハラ砂漠に放り出して、正確な居場所を報告しろというようなものだ。それも使えるのは自分の身体だけだ。まず無理だろう。

　ナノマシンも同じだ。ナノマシンには自分が正確にどこにいるのか判断できない。自分の軌跡を記録し、そこから計算で割り出すという方法もないではない。しかし、ナノマシンにそれだけの情報を記録できる能力はない」

　それでも加瀬は納得しない。

「ナノマシンの数を増やせば？」

「それとて問題の先送りだ。億兆単位のナノマシンに状態を処理させるのは簡単じゃない。

それにこのレベルだと故障したナノマシンが必ず含まれている。制御の手間は膨大だ。ナノマシンで何かを作るというような真似は、制御の問題を解決しない限り不可能だ。少なくとも、ナノマシンの外に、この難問を処理する機械が必要となる」

しかし、加瀬は自説を曲げなかった。

「だとしても、僕は問題解決の鍵はそこにあると思う」

「どうしてだ？」

「アポロ船長は殺人を犯すような人間ではなく、返り血も浴びていない。それにそもそも宇宙船内に凶器となるような刃物はない。そして生存者はアポロ船長だけ。

そこで導かれる結論は、殺戮の犯人は外部から宇宙船に乗り込み、凶行の末に宇宙船から去ったということだ。それが可能なのは、宮本報告にあったミリサイズ機械だと思う」

大瀧は加瀬の仮説に考え込んでいるようだった。

「おい、いまレーザーレンジファインダーの計測データが出た」

大瀧はそう加瀬に説明するが、自分たちの計測データがＩＤＳＰ経由でＮＩＲＣに送られ、早々に分析されているとは、話を聞いていた大久保も思わなかった。すべてが自分たちの頭ごしに行われているのか。

大瀧はその概要を読み上げる。

「細かい血液型の分析などはできていないが、血液の分布にいくつか偏りがある」

「偏りって？」

「だから船内全体が鮮血で覆われて見えただろ。だから無重力状態で凶行が行われたと最初は思っていた。ところが鮮血の分布に偏りがあるというのは、宇宙船に加速がかかった状態で凶行はなされたわけだ」

「確かに、船内に加速による重力がある方が刃物は効果的か」

加瀬が感心する方向性に大久保は、やはりこいつと自分は合いそうにないと思った。だが大瀧は気にしていないようだった。

「だけど、宮本のデータを信じるなら、血液の凝固状態などから考えても、宇宙船がオビックに翻弄されている最中に凶行はなされたことになる。居住モジュールと宇宙船が分離する直前から微細な力が加わっていたようだから、凶行自体は宇宙船と居住モジュールが別々の軌道を描き出した比較的早い段階で起きていたんだ。

ここで問題だ。現時点での宮本の生死は不明ながらも、オビックから居住モジュールへの干渉は認められていない。対する宇宙船の方は船長以外は皆殺しだ。この違いはどこで生まれた？」

加瀬は言葉を選ぶように考えを述べる。

「宇宙船と居住モジュールの違いはそれほど顕著ではないと思う。先入観なしで観察すれば、どちらも似たような構造の機械だ」

「となれば人数か、宮本は一人、宇宙船は六人だ。しかし、人数が多いから首を刎ねるというロジックは理解できるとは思えん」

「もう一つ、違いがあるかもしれない」加瀬は言う。「宮本が居住モジュールに移動した時、秘匿回線でアポロ船長と会話している。その内容も宇宙服衛星に残されていたが、アポロは任務が怖いといい、宮本は怖くないと返した。オビックの干渉は、この通信のすぐ後から始まった」

それには大瀧も困惑した表情を浮かべた。

「それならオビックは我々の会話を理解できていることになるが、仮にそうだとしても怖いと言ったアポロ船長は生きているだろう？」

「それは我々の視点だ。オビック視点では、発言者の姿は認知されず、宇宙船そのものが発言者と認知される。そして二つの宇宙船の片方は恐怖を述べ、片方は述べていない」

加瀬はそう言ったが、大瀧は納得できないようだった。

「それだとオビックは宇宙船と内部の人間の区別がつかない……おい、加瀬、回線！」

大瀧がそう言うと、彼らの会話は再び聞こえなくなった。ここまでの話の大半は大久保にはまるでわからなかった。ただ自分の知らないところで大きな問題と向き合っている人間たちの存在だけは知ることができた。

二〇三X年五月一二日・兵庫県山中

「引き上げてください！」

クレーンのオペレーターが指示を出すと、山道の崖の部分を削って強引に車体を固定したユニックのエンジン音が一際高くなる。そうすると谷に転落した車両が段々と引き上げられてゆく。

そうした作業を慎重に続けながら、ついに自動車は道路まで引き上げられた。

「これか、行方不明者の車両ってのは？」

ユニックの作業員はそう言って、大破した状態で引き上げられたSUVを覗き込もうとする。だが、それは警官に止められた。

「見ない方がいいぞ。仏さんは首がない。事故の状況ははっきりせんが、切断というより衝撃でちぎれたようだ。大木の枝がフロントガラスを突き抜けていたからな」

「あれだろ、矢野さんとこの息子だろ、卓二さん。結婚が近いって喜んでいたのにな」

警官もユニックの作業員も地元の人間で、周辺の主な人物のことはわかっていた。

「たぶん行方不明の相川さんの娘さんも、谷のどこかにいるはずだ。窓から投げ出されたみたいなんだ」

警官は、知人の娘の不幸にやるせない思いを隠さなかった。

「麻里ちゃんもいい娘さんに育ったのにね。矢野の親父さんも、麻里ちゃんのようなしっかり者が嫁いでくれるなんて、卓二は幸せ者だと言ってたのにな。好事魔多しってのはこのことだな」

「しかし、ここから下に放り出されたら、谷底の川まで真っ逆さまかもしれんな。だとすると外洋まで行ってしまったかも」

警官は、相川の両親にどう報告するかを考えているようだった。

「せめて、遺体の一部でも見つかれば……」

「無理だろうな」

作業員は谷底を見ながら言う。

「この辺りの山は野犬やその他、色々な動物がいる。我々には仏さんでも、奴らには食べ物でしかない。親戚が猟師なんだが、大の大人でも三日で骨になるそうだ」

「この車から形見を見つける方がいいのか。たまらんなぁ」

警官たちは形ばかりの現場検証を行う。矢野も相川も行方不明になって二ヶ月弱になる。発見が遅れたのは、こちらの道路が私有地で閉鎖されていたためと、本来の山道では異変が認められなかったためだ。

これには幾つかの偶然が重なった。まず本来の山道は封鎖されていたが、矢野たちが行方不明になった翌日には工事は終わり封鎖は解かれていた。

一方で、相川家の私有地の道路に関しては、開いていたゲートがほぼ同時に管理会社により閉じられていた。だからここから進入した自動車の存在に気がつくのが遅れたのだ。

今回の発見にしても偶然によるものだ。相川家の管理物件である廃ホテルは、地元では心霊スポットとして勝手に侵入するものがたまにいた。先日もそんな若者らが帰宅しないという訴えがあった。

それは不法侵入だの、人命優先だのという不毛なやり取りの末に、管理会社の人間が廃ホテルに向かい、そして行方不明になった。

ここでようやく警察の出番となり、廃ホテルに向かう途中で崖下に転落した自動車を発見し、それを先に引き上げることとなったのだ。

「しかし、問題の心霊スポットに向かった連中はどうなったんだ？」

作業員は警官に確認する。

「とりあえず順番として上の廃ホテルを調べる。まぁ、そこにいることはないだろうが、足取りを摑むための遺留品くらいあるかもしれん」

「矢野や相川の形見もな。車の転落方向から考えると、おそらく上のホテルに行って、帰り道で運転を誤ったんだろうな。一緒に行こうか？」

「おい、俺は警官として公務で行くんだぞ」

「廃ホテルのゲートの鍵を持ってるのは俺だぞ。ユニックを入れるんで鍵は会社から借りてる」

作業員は鍵束を警官に示す。

「なら、行くか」

作業員は歩き出し、警官がその後に続く。

「しかし、どうして若い連中は、廃ホテルが心霊スポットとか言い出すんだ？　あのホテルは経営不振で閉めただけで、死人なんか出ちゃいない。そもそも死人が出るほど客が入ったら廃業しないよ」

作業員が愚痴るが、それは警官も同感だったのだろう。

「まぁ、この辺は都市伝説っぽい話が多いからな。宇宙人と関係があるんじゃないかとかって噂のある牧場も昔はあったしな。確かこの近辺だ。」

そのせいかな。あんた、あれ、知ってるか？　地球の周辺のゴミを綺麗にしている宇宙人か何かがいるかもしれないって話」

「衛星インターネット用の小型衛星が増えたからデブリがなくなったんだって、なんかのTV討論番組でどっかの弁護士が吠えてたっけな。それで国連がロケット打ち上げたよな」

「それもあってな、警察にも問い合わせが増えた。自分は直接の担当じゃないが、UFOを見たって報告が多いそうだ。UFOが来たからパトカーだせとか、そんなのだ」

「警察も楽じゃないな。まぁ、俺たちもそれで忙しい」

作業員の言葉に警官は目を丸くする。

「あんたの会社が？」

「うちは施設管理もしてるけど、本業は土木だよ。大手さんがな、山に何本もトンネル掘って、流通センターを作ってるんだ。工事自体は前からだが、ここしばらくは拡張の話ばかりだ」

「えぇ、大手の物流さんがUFOの地球侵略でも疑ってるの？」

「まさか。そんな動きがあれば、警官のあんただって何か聞いてるだろ。物流会社の株価が上がってて、特に安全な倉庫を持ってるところが強い。

トンネルだから平地で横穴掘るだけだけど、計画の拡張と前倒しのおかげで大忙しってこと。どうも単なる倉庫じゃなくてシェルターも併設するみたいなんだな。公園まで作るんだとよ。そういう投資をすると株価も上がるそうだ」

「へぇ、経済ってのはわからんね」

二人は私道から廃ホテルに登った。フェンスの鍵を開けた作業員は、その先の光景に言葉もないようだった。

「どうかしたか？」

警官の問いかけに、作業員はホテルを指さす。

「ホテルが……解体されている」

警官は廃ホテルについてそれほど知っているわけではなかった。営業時代のことは覚えているが、いまは封鎖された私有地で立ち入ったことはほとんどない。

彼の目の前にあるのは解体途中のビルであった。高さはせいぜい二階建てくらいで、壁の一部は残っているが、大半は廃棄物が山をなしているように見えた。

「いや、これはどういうことだ？　ここは解体せずにリノベーション物件にするはずだったんだ。

それに解体するとしても、廃棄物をこんな形で堆積させたりはしない。更地に……」

作業員は廃棄物の山に向かって走り出していた。警官はそんな男を見守るしかなかった。ここは一連の問題とは無関係に思えたからだ。

だが警官は、廃棄物の山が建築廃材にしては何かおかしいことに気がついた。うまく表現できないが、巨大生物の繭(まゆ)とでも表現した方が実態に近い気がしたのだ。

そして廃棄物の山には入口のような穴がある。しかも、そこから何か音が聞こえてくる。

「おい、危ないから下がれ!」

警官がそう言った時、穴の中から何かが出てきた。

「案山子(かかし)か……」

警官が真っ先に連想したのがそれだった。何しろ胴体に相当する金属パイプに、手足のパイプが四本繋がっている形状だ。穴から出てきた金属パイプ人形に最も近いものといえば案山子くらいしかない。

穴から出てきたのは三体であった。二体は腕の長さが同じだったが、一体だけ右腕が長かった。その腕の長いのが急に作業員に接近したと思った次の瞬間、彼の首は切断されていた。

「ち、近寄るな!」

警官は持っていた拳銃を、作業員の首を切断した人形に向けて発砲した。しかし、金属パイプの太さしかないそれに拳銃は命中しなかった。無線機で応援を呼ぼうにもうまくいかない。

警官は作業員の死体を放置して、その場から悲鳴をあげて逃げ出した。この人型のパイプロボットはのちにチューバーと呼称されることになる。

二〇三X年五月一二日・第一機動歩兵小隊

「状況を確認します。

この山頂の廃ホテルにオビックに関係があると推測される動きがあり、小隊は現場を包囲し、内部の調査を行う。つまり威力偵察と解釈して構いませんか？」

陸上自衛隊の第一機動歩兵小隊の小隊長である山岡(やまおか)二等陸尉は、装甲車内の通信端末に見える連隊長の島崎(しまざき)一等陸佐に確認する。

「機動歩兵小隊の出動に関しては、国民保護法の附則条項における調査活動に準じて行われる。

したがって小隊の携行する武器の使用は抑制的であるべきだが、すでに死傷者が出ている現実を鑑みるに、隊員の自衛のための武器使用は認められる」

島崎連隊長は画面の中でそう発言した。山岡は通信端末の表示が録画モードになっているか視界の隅で確認する。島崎は信頼できる上官だったが、山岡が部隊をここまでにするのに、何人かの上司に梯子(はしご)を外された。そうした苦い思いが、録画する習慣を身につけさせたのだ。

「機関銃や擲弾筒(てきだんとう)の使用も必要なら構わないと？」

「小隊の装備にそれらが含まれているならば、使用を禁じる根拠はない。ざっくばらんに言おう。

君らの小隊は田舎の駐在の証言だけで動くわけではない。私もいささか呆れているのだが、問題の山系でレーダーが何度か未確認飛行物体を察知していたという報告が、空自の方で今頃になって公開された」

それは山岡にも驚くべき話だ。そういうことがないように情報共有するのがＩＤＳＰではなかったのか？

「そんな顔をするな、小隊長。空自にも言い分はある。レーダーデータは日本周辺に接近する各種飛翔体の動向からＡＩにより脅威度を割り出す。だが日本国内から高速で飛翔していく物体に関しては脅威とは判断しない。その想定していなかった事例が三度ほど観測されていた。

ただ海外の早期警戒衛星もこの打ち上げを観測しておらず、空白だけの失態というのは言い過ぎだろう」

「それなのにどうしていまになってわかったんです？」

島崎連隊長は複雑な表情を浮かべた。

「オビックの調査に関しては国連のＩＡＰＯが担当しているが、日本からの正式メンバーは政府機関のＮＩＲＣだ。空白のレーダーデータをＮＩＲＣのＡＩに分析させたら、それが見つかったということだ。

問題は、レーダーが捕捉しているのは打ち上げだけで、着陸した痕跡がないことだ。それほど大きなものを打ち上げてはいないようだが、もしもその物体に大量破壊兵器が搭載されていたならば、それは完全な奇襲となる。むろん極端な想定だが、リスクはリスクだ」

連隊長の説明に山岡は、オビックという存在の持つ潜在的なリスクが予想以上に大きいことを初めて知った。島崎は続ける。

「駐在所警官の報告が事実だったなら、この作戦で小隊は初めてオビックの実体と遭遇する可能性が高い。不幸にも戦闘となれば、その過程は勝敗にかかわらず、貴重な情報をもたらすだろう」

「つまりは威力偵察ですね」

山岡は確認し、島崎はそれを肯定した。しかし、山岡はいまひとつ納得できない。

「威力偵察なら例のＭＪＳ（McJob Soldier）でいいんじゃないですか？」

「そういう言い方はやめろ。あれは多能運用兵（Multipurpose Juggling Soldier）が正式名称だ。あぁ、小隊長の言い分もわかるが、これは困難な任務なんだ。だから機動歩兵でなければならんのだ」


陸上自衛隊の第一機動歩兵小隊は、伊丹駐屯の第三六普通科連隊傘下にあった。伊丹駐屯地にはシステム通信団も所属しており、実験部隊的な性格の強い第一機動歩兵小隊の所在地としては適切と考えられていた。

小隊長の山岡二等陸尉は小隊本部を収容した八輪装甲車両（ＡＭＶ　ＸＰ）の中で、命令の詳細を受け取った。

自衛隊は米軍などの同盟国・友好国の軍隊とＩＤＳＰで指揮・情報共有が行われるが、自衛隊内部もＩＤＳＰ互換の指揮・情報共有システムで動いていた。つまりＩＤＳＰから見れば三自衛隊のネットワークも下位互換ということになる。

出発点は一〇年以上前に米軍が策定した統合戦闘コンセプト（ＪＷＣ）や、統合全領域指揮統制（JADC2）まで遡る。従来の戦場の概念にサイバー空間や宇宙も織り込んだ領域縦断的なコンセプトは、それでもこの段階では米軍の枠内にとどまっていた。

しかし、安全保障の枠組みがアメリカ一国ではなく、同盟国・友好国との連携がより重要になり、限られた兵力の効率的な運用が大きな課題となった。この辺りは先進諸国の軍隊が抱える共通の問題だった。

一〇〇年前のように人口がどんどん増えるようなことはない。微増か、現状維持、日本のように減少している国もある。一方で兵器の高度化・複雑化から、軍の構成員に要求される知識・技能水準は高くなるばかりだった。

一九世紀の軍隊なら、根こそぎ動員で短期間の訓練を施し、鉄砲持たせて前進させれば、それなりに格好はついた。しかし、今日の軍隊ではそんな方法はナンセンスでしかない。軍組織の人間育成には時間がかかり、さらに軍隊を基盤で支える工業社会を維持するにも高度人材は必要だった。

だからこそプロフェッショナル人材を効率的に動かす必要があり、そこでJADC2をアメリカから見た同盟国・友好国に拡大し、多国籍にまたがる地球規模の軍事情報システムとして構築されたのがIDSPであった。

効率性から言えば、関係各国の軍事組織の各部門（司令部から分隊まで）がIDSPに直接ぶら下がるのが望ましい。たとえばオーストラリア陸軍の小隊が敵と遭遇した時に、米空軍のドローンがそれを察知し、その情報をもとに日本の護衛艦が巡航ミサイルを発射するような状況だ。

とはいえ各国ごとに国家主権に伴う外交問題や法的制約があるため、ＩＤＳＰという大きなシステムの下位互換という形をとっていた。

山岡二等陸尉は海外の島嶼や砂漠での合同演習を経験している中で、自分たちの能力が世界で通用するという自負はあった。ただ小隊長としての不安も抱えていた。

それは、各国の自由裁量の範囲とされる歩兵相互を連携する指揮通信システムが、日本国内の電波割り当てが携帯電話優先で、自衛隊が求めていた周波数帯の割り当てがないことだった。結果、島嶼や平地での演習では問題なかったシステムも、山岳戦となると電波が届きにくいという問題があったのだ。

もちろん低軌道衛星の衛星インターネットを用いれば通信は可能だが、一〇〇メートル先の味方と連絡するのに、衛星経由で往復一〇〇〇キロを要するという通信の遅延問題と、複雑な地形が多い日本の山岳地域では電波状態も不安定であり、作戦を行うための信頼性に欠けた。

しかしながら、米軍や韓国軍などと行う島嶼防衛演習では何らの問題もないため、これを改善しようとする動きは自衛隊首脳にも政府にもなかった。だから問題解決は現場の工夫に委ねられていた。

第一機動歩兵小隊は、五両の八輪装甲車により現場に向かっていた。山岡が乗車する本部車両には六人が乗り込み、小隊を構成する各分隊は他の四両に分乗していた。

現地の情報については駐在所の警官の目撃談しかなかった。現場はすぐに警察により封鎖されていたためだ。

元々が私有地で侵入防止のためのゲートが設置されていたため、そこに封鎖されていることを示す黄色のテープを張ればよかった。

ただ警官の証言は警察が聴取し、その情報を防衛省が問い合わせるという手順を踏んだので、報告は連隊本部経由で行われた。さすがに山岡から警官に対する事情聴取はできない。

それを差し引いても、警官の情報はほとんど役に立たなかった。廃ホテルが瓦礫（がれき）の山になっていたというのも、興奮状態の警官の証言によるものだ。

ロボットが現れたという話は、ある程度は信用できるとしても、そのロボットが刀で作業員の首を刎ねたという証言には山岡も首を捻った。彼とて宇宙にそこまで興味があるわけではなかったが、地球にやってくるような文明なら、より優れた技術を持つだろうというくらいの判断はつく。

それが刀を振り回して首を刎ねるというのはどういうことなのか？　無論すべてが出鱈目ということはないだろうが、すべてを鵜呑みにするのは憚られた。

「二号、三号車は本部車両とともに県道側から目的地に接近、四号、五号車は私道側から接近し、包囲態勢をとる」

山岡は車両の動きをデータリンクで僚車と共有する。すでに連隊より上空にドローンが展開しており、そのデータも山岡は活用していた。ドローンからの映像は、警察官の証言と概ね合致していた。

問題のホテルは開業中は五階建てのビルだったらしいが、映像では正面玄関らしい部分とそれに接する右側の壁面以外は何も残っておらず、ビルが建っていた場所には、コンクリートの残骸のような土盛りができていた。

山岡はドローン映像のカメラの制御を連隊司令部より受け取り、直接カメラを操作する。IDSPを介して、ドローンの操縦とカメラの制御を別々の部隊が行なっている構造だ。ただしカメラの制御権は、必要なら機体を操作する側が引き受けられた。

土盛りは縦横一〇〇メートルほどあり、上から見た形状はヒトデのようだった。ヒトデの脚に相当する部分が三〇メートルほどあり、胴体が四〇メートルほどになる。

カメラの映像から解析した数値によると、高さも一〇メートルほどある。山岡はまずそこに疑問を感じた。五階建てのビルでも高さは一五メートル前後しかない。それなのにビルが崩れて一〇メートルの高さになるというのは計算が合わない。

考えられるのは、あの堆積物はビルの残骸だけでなく他から追加されたか、あるいはあの土盛りは空洞になっているかだ。カメラを赤外線に切り替えると、その内部では赤外線放射が増えている。内部で何かの活動が行われているのだろう。

しかし、ここで異変が起こった。ドローンの映像のピントがボケて、しかも映像の対象がずれてきた。ピントはカメラ装置自体の補正機能で元に戻ったものの、ドローンそのものは操縦者のコントロールを離れ、明後日（あさって）の方向に向かっていた。しかも、視界の中には機動歩兵小隊の装甲車両の配置も映し出されていた。

そして画面はブラックアウトしたが、ドローン自体は飛行している。山岡のモニターには、制御不能となったドローンが自律機能で基地に帰還するとの表示が映っていた。

山岡もこの表示の存在は知っていたが、現物を見るのは初めてだ。これはドローンのシステムに外部から侵入しようとする存在があった時に、ドローンが回線を閉じて自律行動をとるときの表示だからだ。

いまの状況では、システムに侵入する存在といえばオビックしかない。人類についての知識に乏しいオビックがシステム侵入に試行錯誤を繰り返すというのはあり得ることだ。

ただこのことは、山岡の選択肢をかなり狭めることになる。彼らの小隊の装甲車の武装といえば機関銃程度しかない。主たる任務が偵察であるためだが、もう一つの理由が装甲車に積まれている地上偵察用のドローンの存在だ。

正式名称は三〇式無人偵察車だが、現場では豆タンクと呼ばれていた。胴体部分に四足動物のように独立した四本の履帯が配置されており、この四本が胴体を持ち上げて姿勢を高くしたり、逆に腹這いになって車高を下げることができる。

望遠や赤外線などのカメラを搭載する他、聴音機で周辺の音を集めることもできた。複数の無人偵察車を展開すれば、たとえば砲撃を受けた時も、個々の偵察車が捕捉した砲声の方位と時間差から、砲陣地の場所を割り出すようなことも可能だった。

武装は機関銃一丁に、必要なら対戦車ミサイルも搭載できるなど、小隊の装甲車より火力に勝る部分さえあった。

山岡小隊長としては、こうした豆タンクを前面に押し出しての偵察を行うつもりであった。しかし、連隊本部のドローンシステムに侵入を試みられたとなると、これを使うかどうか判断が難しい。

豆タンクのシステムへも外部から侵入があった場合、安全のために回線を遮断する機能がある。戦力減になるが、敵の制御で動かれるより遥かにましだ。

「各車、豆タンクの展開準備にかかれ」

悩んだ末に山岡小隊長は豆タンクの使用を決心した。オビックはドローンのシステムに侵入することには失敗した。だから豆タンクへの侵入にも成功するとは考えにくい。

山岡小隊長は本部車両に残り、他の二から五号車までが豆タンクを前進させ、それに武装した隊員が続いた。その背後を装甲車が支援する態勢だった。

本部車両には豆タンクからの映像がすべて集まり、その位置関係を表示し、生成ＡＩがその断片的な画像データから全体的な地形図を再構成していた。

上空のドローンからは廃棄物の堆積に見えたが、地上から見るとそれほど単純なものではないことがわかった。ただ山岡にはそれを何に喩えればよいのかはわからない。類似のものを見たことがないからだ。

一言でいうならば、たくさんの鉄パイプで籠を作り、その上にコンクリートや何かの廃材を並べたようなものだ。それが山をなしている。前衛芸術という表現は安直すぎる気がした。ただ何らかの規則性が認められながらも、その規則の意味がわからないとなれば、芸術という括りにするしかないというところだ。

ただ、これが何らかの基地という印象を山岡は持たなかった。体積があるから手榴弾で破壊とはいかないとしても、こんなスカスカな構造物なら迫撃砲で粉砕できよう。相手の意図を推測するには限界があるものの、人類が武装していることはすでに理解していると思われる相手が、こんな防御力に欠ける拠点をわざわざ建設するとは思えない。

ヒトデ形の堆積物は脚の付け根に相当する部分に開口部があった。ドアはなく直径二メートルほどの単純なトンネルになっている。照明はなく、内部の様子はわからない。

豆タンクはそのトンネルに向かって進む。内部を偵察しなければ任務の達成にはならない。豆タンクを先頭にして、その後方を分隊が進む。彼らもヘルメットに一体化したディスプレイで豆タンクからの映像を共有している。

そして豆タンクがトンネルに差し掛かった時だった。分隊の背後で動きが起きた。この時、分隊は左右両側をヒトデの脚部に挟まれた場所を進んでいた。周辺に異変がないことは、本部車両から飛ばした小型ドローンでも確認できていた。山岡としてはこのドローンがいつまで使えるか不安だったが、オビックからの干渉はなかった。

だがここで、廃棄物を支えている鉄パイプだと思っていたものが動き出し、左右両側の後方に一〇体以上のチューバーが現れ、分隊の退路を塞いだ。それだけではなく、素早い速度で分隊の隊員たちに迫ってきた。

一人が恐怖に駆られて銃の引き金を引き、すぐに分隊全員が命令を待たずに発砲した。しかし、直径数センチの胴体に弾が簡単に命中するわけもない。そしてチューバーは隊員たちに刀状の片腕を振り回し、彼らの首を刎ねた。

山岡は叫んでいた。こんな時に限って小型ドローンは上空の映像を送り続ける。オビックの拠点に四方から接近していた小隊の隊員たちは、チューバーの攻撃に対して、なす術もなく首を刎ねられる。

手榴弾を投げつけた隊員もいたが、パイプ状のロボットにはほとんど効果がなかった。片足を吹き飛ばされたチューバーは、すぐにその場で自らを解体し、仲間のための部品となった。

「何なんだ、これは！」

指揮車の画面の中では、誰一人想定したことのない戦闘が展開している、宇宙から来たロボットが刀で首を刎ねて回るのだ。

しかし、この衝撃的な出来事から、山岡小隊長は自分がどう判断し行動すべきかという思考ができなかった。小隊が文字通り全滅するなどということは、通常はあり得ない。損害が大きければ後退するからだ。

まして、いま起きたような全員が一方的に首を刎ねられるなどということはかつてなかった。山岡はまったく思考が働かない。

それでも事態は動いている。装甲車のハッチからチューバーが何体か飛び込んできた。

「なっ……」

山岡小隊長は、連隊本部が自分の首が飛ぶところを目の当たりにするのか、と死の直前に思った。

8　衝　突

二〇三X年五月一三日・NIRC

吉田俊介はNIRCの社会動向調査担当理事であった。元々はシンガポールで報道の仕事に就いていたが、事件などを報道する場面で、自分の関心がジャーナリズムよりも、事件が及ぼす社会的影響や市民の心理動向にあることに気がつき、調査会社を立ち上げて実績を上げる中で、NIRCに引き抜かれたのであった。

利益相反の問題があるため、吉田はNIRCの理事に就任するにあたって自分の会社は売却したが、そこで培った人脈はいまも仕事に生きていた。

「オビックに関する世論動向ですが、現時点において先進諸国でのオビックへの脅威の感情は、予想以上に低いものになっています」

吉田は理事会の席でそう報告した。もっとも会議室ではなく、自分の執務室でリモート参加だ。これは理事の中で海外に行っているものや、他の国家機関に出向しているものがいるためだ。

「予想以上に低いというのはなぜか、仮説はあるのか？」

それを質したのは理事長の的矢だった。若干、苛立った様子なのは、私生活のこともあるのだろうが、主たる問題は防衛省の常設統合司令部とＮＩＲＣとの関係にある。

常設統合司令部とは、一言でいえばアメリカの統合参謀司令部のような最高司令機関を意味する。自衛隊法を改訂してその機能は強化されたが、発足当初からＮＩＲＣとの関係が問題となっていた。

ＮＩＲＣは官庁から独立し、政府に対して責任を持って職務にあたる情報分析・発信機関であった。創設まもないとはいえ、ＮＩＲＣの分析はすでに主要国の重要研究機関の耳目を集めていた。

改訂された自衛隊法には、常設統合司令部とＮＩＲＣとの関係は何一つ触れられていなかった。しかし、機会を捉えてはＮＩＲＣを自分たちの傘下に納めようとしていた。

しかし的矢理事長にとって、常設統合司令部傘下に入ることは、独立性の維持に対する脅威でしかなかった。防衛省を含む官僚からの掣肘を受けないことこそが、情報機関が高いレベルの仕事をする前提と的矢は考えていたためだ。

それでも最近までは常設統合司令部とNIRCとの関係が先鋭化することはなかった。しかし、オビックの登場以降、この問題は水面下でのせめぎ合いを激しくしていた。特にオビックが何であるかを分析する能力も経験も自衛隊にはないことが、問題を深刻にしていた。

こうしたことから的矢が忙殺されているのを理事の多くが理解していた。現時点では的矢理事長が在日米軍司令部と米インド太平洋軍司令部から、NIRCの独立性と情報の公平性を評価する言質（げんち）をとっていたことで小康状態になっているが、先のことはわからなかった。

今回のオビックの件は、うまくすればNIRCの自律性を高める方向に働くと吉田は考えていたが、それとて楽な道ではないだろう。

「レポートは先ほどサーバーに上げましたが、端的にいえば、ほとんどの市民はオビックに無関心であるからです。

それどころか主要国の世論では、そもそもオビックが実在することにさえ疑問を抱いている人間が少なくない。平均して義務教育以上の年代層では、四〇パーセントの市民がオビックはフェイクだと思っています。

詳しいことはレポートに書いてありますが、市民がオビックをフェイクだと感じる最大の理由は、各国政府がフェイク情報を流しているからに他なりません」

「しかし日本を含め、政府は可能な限り正確な情報を流そうとしているのではないのか？」

「理事長の疑問は当然ですが、ことはそれほど単純ではありません。オビックに対する各国政府の脅威度認識も異なれば、平時でも統治の都合でフェイク情報を流し続ける国もあるわけです。それどころか実は正確な情報を流そうとしているからこそ、フェイクと思われてしまうのです。つまりどこの国も官庁ごとに情報発信をしていますが、前例のない地球外文明の存在について、情報の司令塔が政府部内に存在しない。総理をはじめ内閣にもこの件で責任を負う意思は見当たりません。みなさん賢いので火中の栗は拾いません。

結果的に同じ政府機関でも省庁によって言うことが違う。しかし市民にとって、担当官庁が違っても政府は政府なんです。政府が矛盾した情報を流しているからこそ、正しい情報もフェイクと解釈される。さらに言えば、治安関係を中心に危機管理の観点であえてフェイクを流そうとする部局さえ存在します。政府機関も一枚岩ではない。司令塔が不在であることの当然の帰結です」

「なら、一般市民にとってオビックって何を意味するの？」

それは災害・事故調査担当の新堂理事からのものだった。

「多種多様な意見がありますが、多数派の意見は、政府がいうオビックとは仮想敵国の暗喩だというものです。

アメリカや中国という古典的な国家間の対立構造の中に、グレートサウスを中心とする次元の異なる対立構造が重層化している。

何が仮想敵であるか、その人間の置かれている社会環境で異なる。だからこそ敵をオビックという曖昧な概念で表現すると、漠然とした敵を言語化できる。その意味では人々にとってオビックとは漠然とした不安を言語化した存在となる。具象性がないわけです。じっさいオビックの活動は一般市民の遥か遠くで行われている」

新堂はそれでも納得し切ってはいないようだった。

「なるほど。だけど政府機関が意図的にフェイク情報を流す意図は？」

「パターンは三つあります。

一つは情報不足などから、結果として発信情報がフェイクになってしまった場合。いわば不注意です。

二つ目は、オビックの存在を信じていないため、仮想敵への情報戦を仕掛けていると当事者が信じている場合。国によっては政府機関のトップレベルしかオビック情報にアクセスできない。結果として中堅層は情報戦と判断して動いてしまうわけです。

そして三つ目は、社会が地球外文明との接触という事態に対して、フェイク情報で免疫を与えて混乱を回避し、ソフトランディングを試みる場合。日本で起きているのは一と三のパターンです。つまり理由にしても一つではない。

しかしながら、これは驚くべきことではない。現状で、オビックによる人類に対する明確な攻撃は見られない。IAPO1の件にしても、友好的な意図は読み取れないのも確かですが、明確な敵意も読み取りにくい。

乗員を殺すなら船体に穴でも開ければいいわけで、乗り込んで首を刎ねるという理解不能な行動を取る必要はない。情報が少ないために、相手の意図を論じられる段階にはないわけです。

この状況で、各国政府内にオビックに対する司令塔的な組織はない。むろん制度として大統領なり首相なりがトップです。しかし、現実は関係省庁がバラバラに動いている。単にセクショナリズムだけではなく、脅威度に対する評価が異なることが大きい。

我々が所属しているIAPOは、そうした中では一貫した姿勢の国連機関ではあるものの、世界に指令を出す立場ではありません」

的矢は不愉快そうに吉田理事の話を聞いていたが、それは予想していたことだ。吉田がスタッフとともに作成したレポートは、根拠となる数字を集め、社会学や心理学の専門家も動員したものであるが、結局のところその結論をまとめるならば、「各国政府も国連も、オビックに関する情報不足から、満足のゆくリスクマネジメントができていない」という身も蓋もない内容であるからだ。

つまり的矢の不機嫌な態度は吉田に対してではなく、世界の現実に対してだ。真実を語るものは嫌われる、高校時代に読んだイプセンの『民衆の敵』で彼が学んだ真実だ。

「諸君、今の吉田理事の発言には修正を加える必要がありそうだ」

相変わらず不機嫌そうな表情で的矢理事長が発言する。

「陸上自衛隊の小隊がオビックのロボットと交戦状態に至り、全滅した。生存者はゼロだ」

二〇三X年五月一三日・廃ホテル周辺

一等陸佐の島崎恒雄(つねお)連隊長は、チューバーと機動歩兵小隊との武力衝突が起きた廃ホテル周辺を封鎖した。ホテルに通じる道路は二本だけであり、他に道はない。山肌を走破することも可能だが、まだその段階ではないと彼は考えていた。

「遺体の収容を完了いたしました！」

仮設の連隊本部に設置したモニター上に、現場の中隊長からの報告が入る。背景には遺体袋を積み上げたトラックの姿が見えた。

「ご苦労、中隊は検死のために遺体を臨時に設定された廃校に移送し、そこで待機し、爾後の命令を待て」

指示を下しながら、島崎は複雑な気持ちになる。あらゆることが手探りの状況で、確信を持って命じられたのが、山岡小隊の死体の回収だったからだ。

もっとも師団司令部からは死体の回収以外の命令は来ていない。それとて島崎の提案を追認したものでしかなく、師団司令部以上、あるいは政府レベルでも何を為すべきかの判断がつかないのだろう。

それは島崎もわかる。宇宙のどこかからやってきた未知の文明のロボットが小隊全員の首を刎ねて殺してしまった。問題の廃ホテルを爆撃するなり砲撃するなりして破壊するのは容易い。

しかし、それによって何が引き起こされるのか、誰にも予想がつかない。これによって一気に全面戦争にエスカレーションする可能性は低いとしても、問題はそこにはない。チューバーもしくはそれを作り上げた文明との間で、コミュニケーションが取れていない点に問題がある。

相手との交渉ができない中で、最悪、果てしない殲滅戦を続けることにもなりかねない。終わりのない戦闘を続ければ、いずれ相手側も人類とのコミュニケーションを考えるという意見もある。

だが、それとて希望的観測に過ぎない。相手の文明に圧倒的な物量と生産力があるならば、なんの痛痒も感じることなく、戦闘を一〇〇〇年続けることさえ起こり得る。

島崎は急に息苦しくなってきた。彼らはいま、麓の駐車場にいた。三両の八輪装甲車をコの字に並べ、車両の間の空間に仮設の連隊本部を設定していた。迷彩柄のシートで本部は覆われていたが、なんとも言えない閉塞感がある。それは彼の心理的重圧によるものだった。

「何も指示はなしか」

ＩＤＳＰからの情報や命令を表示するはずの専用モニターは、沈黙を続けていた。

第一機動歩兵小隊の隊員全員が、突如現れたチューバーにより首を刎ねられるという結末は、日本だけではなく、ＩＤＳＰにより情報共有を行なっていた関係諸国に衝撃を与えた。皮肉な話と思う。警察からの報告では、山中周辺はスマホの電波も届かないと言われていたのだ。それがどういうわけか、小隊の通信だけは問題なく送られてきた。それだけなら喜ばしいことだが、結果として、小隊が全滅する一部始終が世界に中継されてしまった。

ただ、当事者である自衛隊と海外の軍事関係者との間の温度差はあった。死亡した自衛官の遺体回収に関しても、オビックの情報を得るため画像中継を要求する関係国と、中継できないという自衛隊との意見の相違があり、これは政府側が中継に同意したため、遺体回収の様子もIDSPにより情報共有された。

すでにチューバーは地下施設に戻っており、遺体を回収していた普通科連隊の自衛官たちの前に現れることはなかった。ただ、中継を要求した関係国の人間にも、切断された頭部が幾つも回収されるような映像には後に心理的外傷を受けたものも多数現れた。

遺体の回収には何も干渉しなかったオビックの対応には、情報共有している諸外国の機関も当惑させられていた。

その中でIAPOはすぐに動き出していた。彼らはここまでの情報共有と政府などへの働きかけを通じて、自分たちの抱えている問題点を痛感していたからだ。

それは人類全体としての軍事機関の指揮統制と、政府機関との関係というデリケートな問題だ。

純粋に兵力の効率化を言うならば、世界各国の軍事組織が一つの指揮系統に加わり、そこからの命令に従うのが理想だ。

そして地球においてシビリアンコントロールを原則とするならば、先のように一つの指揮系統で動く世界の軍事組織は、地球全体あるいは人類の総意により選ばれた政府の一元的な指揮に従うのが望ましい。

だが、そのような世界規模の政府や軍事組織は実現されていない。一方でオビックの存在により、こうした機構の必要性は抽象的なレベルでは議論されていたが、こんな大問題を短期間に解決できる見込みもない。

ＩＡＰＯの提案は、理想的な形ではないが妥当なものを目指していた。それは太平洋領域国のＩＤＳＰとＮＡＴＯ諸国の類似システムを結合して、一つの巨大な軍事情報システムを構築する。もともとこの二つはアメリカを接点とした兄弟のようなシステムであるから、法律や条約でこそ別物ではあるが、統合は容易であった。正確には数年前から統合のための作業が進んでいたので、それを加速するだけで済んだ。

もちろん中国、ロシアなど、ＩＤＳＰにもＮＡＴＯにも参加していない国は多いが、非加盟国も指揮系統はともかく情報共有のチャンネルは開くことで、各国のコンセンサスを得ようとしていた。

ともかく地球規模の軍事・政治の情報共有基盤を短期間に実現しようとすれば、この方法が最短だった。

そしてIAPOは、この太平洋・大西洋の巨大軍事通信システムに情報共有のための別階層を作ることで、主要国の合議による意思決定機構をも提案していた。IAPOに可能なのは提案までだからだ。

とりあえずアメリカや日本などの国は既成事実を積み上げ、IDSP準拠の地球規模の情報共有システムを世界標準とすべく動いていた。まさにその渦中で、日本の山中におけるオビックの活動が報告されたのだった。

「一二〇ミリ迫撃砲か」

島崎は、司令部からの重迫撃砲中隊を使用せよという命令に、上層部の迷いと妥協点を感じた。

相手の攻撃に対して、反撃というシグナルを送るが、一定の火力に抑えるというわけだ。島崎はその判断を人間としては熟慮の結果と思ったが、その一方でオビックに対して通用するのかという点には確信を抱けなかった。IDSPが存在しようとも、現場と司令部との受け止め方にはギャップがあるのか。

ただやはりこの状況で自分たちが何もしないという選択肢は、受け入れ難いというのも確かなことだった。

島崎は普通科連隊内の重迫撃砲中隊に作戦計画を送る。内容は単純だ。一二〇ミリ迫撃砲で、山頂の廃ホテルに砲撃を加える。いきなり基地があるらしい土盛りではなく、離れたところに弾着させ、順次、本体に迫るというものだ。破壊というより、相手の反応を見るというのが主たる目的だった。

これに合わせて偵察中隊の小型ドローンも展開する。ただし外部からのコントロールは受け付けないようにして、決められたプログラムにのみ従う。これはオビックからのシステム侵入を阻止するためだ。

偵察中隊のドローンのデータは、そのままIDSPを介して各方面に情報共有されるが、一応、その範囲は自衛隊内部にとどめられた。戦術的な能力などを他国に流さないためだ。

重迫撃砲中隊には複数の迫撃砲が支給されているが、今回は一門だけを用いる。偵察中隊のドローンは目標地点の座標データを射撃指揮班の車両に送り、そこから割り出された諸元が迫撃砲へと伝えられる。

相手は静止目標であり、いまのところ危険はないように思われた。ここに来て島崎連隊長は、ある可能性に気がついた。オビックは刀以外の武器を知らないのではないか？

武器があるからには戦闘を知らないわけではないだろうが、何かの理由で彼らは刀以上の武器の進化をやめたのだ。それは島崎には興味深い可能性に思われたが、すぐに気がつく。こんな想定に根拠はなく、単に自分の願望の投影でしかないことに。

島崎は砲撃開始とコミュニケーションの呼びかけを、砲撃予定地点に前進させた豆タンクから無線と音声で行なった。文面の直接的な指示はなく、師団司令部からは「連隊長の裁量で適切な文言を送れ」という曖昧な要請があっただけだ。

予想されていたことだが、オビックからの返答はなかった。音声はもちろん、確認可能な波長において電波信号もない。

そして砲撃が行われる。土盛りの手前二〇メートル地点に最初の砲弾が弾着した。島崎は一分後に五メートル前進させると通知して、一五メートル地点に砲撃を行う。

同様にして一〇メートル地点まで砲撃してから、五分ほど様子を見る。それなりに知能を持つ存在ならば、弾着が着実に自分たちに向かって接近していることが理解できるはずだ。砲撃前に行なった警告の意味が伝わらなかったとしても、物理的事実として起こっている現象は理解されているはずだ。

だから島崎のメッセージと現象との関係性を理解できるなら、何某(なにがし)かの反応があって然るべきだろう。彼らにこちらの言葉がわからなくても、音声を発することがコミュニケーションの端緒になるくらいの推論は可能なはずだ。

むろんこれとて憶測と言われればそれまでだが、だとしてもそれほど無茶な想定ではないはずだ。

しかし島崎連隊長の期待も虚しく、オビックからは何の動きも見られない。チューバーというロボットさえ出てこない。

島崎は仕方なく、同様の手順で弾着点をさらに五メートル前進させる。そしてさらに五メートル、ついに砲弾は土盛りを直撃する。

弾着とともに土煙が昇った。そして堆積していた土砂が飲み込まれるように崩落する。ドローンは赤外線量の増大をつげているが、それは砲撃によるものなのか、反撃などの別の理由なのかはわからない。

ただ島崎は、土盛りの様子が小隊が攻撃した時と違っていることに気がついた。山岡が報告したようなアブストラクトを思わせる構造物ではなく、いつの間にか単なる土砂の堆積になっていたのだ。

そしてその堆積物は、地下に掘られていた空洞に落ち込んでゆく。周辺はもうもうたる砂塵に覆われ、可視光のカメラでは何もわからなかったが、赤外線カメラでは地下に三角形状の熱源が浮かび始めた。三角形は底辺で二〇メートル、もっとも長い部分で四〇メートル近くあるようだ。

赤外線カメラはそこで三角形の形状が把握できなくなった。粉塵も強い熱を持ち始めたからだ。粉塵を巻き上げていたのもその三角形の存在だった。やがてそれは空中に浮上し、その全貌を現す。

鋭角の三角形をした飛行物体だった。人類の飛行機のような噴射口は見当たらなかったが、空気を高温で機体全体から噴射しているようだった。

そして機体表面をよく見れば、チューバーと思しきロボットが敷き詰められていた。それが収納法なのか、別の意味があるのかはわからない。島崎連隊長は、チューバーが網となって機体を覆っているような印象さえ受けた。

重迫撃砲中隊の誰かが、それを撃墜しようと発砲を試みたが、命令無視では照準も何も支援データがないために、砲弾は廃ホテルの敷地に無駄に弾着した。

そして三角形の機体はそのまま上昇を続けていた。

「残敵掃討の上、目標地点を確保せよ」

オビックが立ち去った後、やっと明確な命令が島崎の元に届いた。

二〇三×年五月一三日・航空宇宙自衛隊美保基地

「稼働機は、これだけか」

格納庫の中で小野寺一等空尉は整備責任者の園田空曹長の説明を受けていた。昨今の高度技術取得者不足のご多聞に漏れず、園田もさる航空関連の重工から特定任期付制度により一時的に自衛隊に籍を移している高級技術者だった。

小野寺の前にはF15JSI（Japanese Super Interceptor）の姿があった。これは現役の第五世代戦闘機よりもステルス性や電子戦性能で劣る第四世代戦闘機を、EPAWSS（Eagle Passive Active Warning Survivability System）により近代改装を行い、性能向上を図ったものだ。

「部品の共食い整備じゃ、この辺が限界ですよ」

美保基地には従来は第三輸送航空隊が活動していたが、航空宇宙自衛隊六〇〇機体制の中で新設（正確には復活）した第七飛行隊も置かれるようになった。

F15JSIを運用し、第五世代戦闘機の戦力補完を行うことになっていた。ただ性能向上を図ったとしてもF15の運用にはそろそろ限界が見え始めていた。

「いまもF15を飛ばすなんてのは、零戦を二〇世紀末まで運用するようなものです。ここまで運用できたのは立派ですよ」

園田空曹長は隊で唯一の稼働機の胴体を手のひらで叩く。

「しかし、自分が赴任する前の資料では、第七飛行隊の稼働F15は六機だったはずだが」

「稼働機は嘘じゃありませんよ。ここの一号機から六号機まで飛行することは可能です。その意味ではすべて稼働機です。ただし同時に六機飛べないだけで」

「それは稼働機ではなく、飛ばすことが可能という可動機じゃないか」

「言葉の意味なんて時代と環境で変わりますよ。稼働と可動、どっちが正しいかの議論はこっちはわかりませんけどね、一つ確かなのは、言葉の定義で六機の可働機が一機に減ることを喜ぶ人はどこにもいないってことです」

園田兵曹長の話し方はすでに諦観から達観の域に達していた。

「しかし、言葉遊びじゃ安全保障は通用しないぞ。そもそも貴重なイーグルドライバーをそんなことで遊ばせるわけにはいくまい」

「それは小野寺さんがここの流儀を知らないだけです。まずイーグルドライバーの充足率は空尉が赴任して、やっと三割だ。つまり昨日までは一人しかいなかった。可働機を六機にしても、飛ばせるのはイーグルドライバーの数だけです。つまり一機。

でも安心してください、小野寺さんが来て二人になったから、稼働機も二機にしますよ。それくらいなら部品の共食いでも何とかなります」

なかなか厳しい話だが、意外にも小野寺は冷静にこの話を聞いていられた。就職氷河期世代で非正規雇用が増大した結果、日本のあらゆる部分で中間より上の管理職や上級職の人間が払底状態だった。

リスキリングなどの施策はあったが、スキルを学ぶ間の生活保障があるわけでもなく、効果が出ないまま時間だけが流れ、現在の技術と経験を持った人材の深刻な不足に至っていたのだ。

イーグルドライバーが一人だけというのも、それだけ聞けば驚きだが、自分も含めて充足率三〇パーセントという数字自体は、後方支援部門なら自衛隊でもそれほど珍しくない。

それに搭乗員は優先的に第五世代以降の新型戦闘機に回され、小野寺のようなベテランの一部がF15に回された。ベテランといえば聞こえはいいが、除隊が近い人間が回されるのがここだ。

自衛隊を辞めても、防衛産業関連から再就職の口は幾つかある。民間輸送機のパイロットなどだ。最近はAIが操縦の補助をしてくれるので、パイロットの負担もかなり低くなった。そうでもしないとパイロット不足は解消できないわけだ。

「それで、もう一人のイーグルドライバーは？」

「あぁ、入れ替わりで百里で研修です。あれですよ、ロングショットの訓練」

ロングショットとはＦ15などを母艦として、ドローンを発射し、この無人戦闘機が敵にミサイルを発射するという構想だった。じっさい小野寺も、Ｆ15ＪＳＩよりもロングショット計画こそＦ15運用の本命という声も聞いている。

美保のＦ15も、最終的にはドローン母艦としての運用が中心になるという計画だった。また老朽化したＦ15そのものをドローンにする研究も行われていた。

「でもですね、Ｆ15ＪＳＩは悪い子じゃありませんよ。そりゃＦ35と戦って勝てないかもしれないけど、ドライバーの腕次第で、いい勝負ができますよ。そう五回に二回はこっちが勝てる。

考えてもみてくださいよ、二〇世紀末にＦ15と零戦が戦って五回に二回が零戦の勝利だったら、キルレシオで負けてても、零戦凄い！　って話じゃないですか」

「それでも五回のうちの三回の方にはなりたくないけどな」

こうして小野寺は待機所に詰めていた。第七飛行隊がスクランブルの第一線を担うのはロングショットが配備されて以降だろうが、それでも補助戦力として臨戦態勢を維持していたのである。

正直、同僚が百里から戻ってくるまで、彼だけが出動できる。とはいえ二線級の部隊なので、出動要請があるとしたら他の部隊の応援となるだろう。

食事を終え、小野寺はTVを見ながら待機所にいた。兵庫県のどこかの山で派遣された自衛隊に大事故があったようなことを報じている。分隊以上の規模で死傷者が出たらしい。物騒だなとは思ったが、思考はどうしても先ほど園田に見せてもらったF15のことに向かう。第五世代以降の戦闘機はAIが戦闘補助までしてくれるそうなのだが、F15JSIにはそこまでの機能はない。代わりにIDSP経由で、外部のAI支援は受けられる。ただ老朽化の問題なのか、このシステムは信頼性に難があるというのが小野寺の印象だった。果たして美保のF15JSIはどうなのだろうか。

そんな時にスクランブルを告げる警報が鳴った。小野寺はすぐに格納庫に走る。着いた時には、園田たちが発進準備を整えていた。二線級などと言っているが、彼らの技量は高かった。さもなくばF15は運用できない。部品の共食い整備にも実力は必要だ。

IDSPのAIはすでに必要な作業を終えていた。小野寺はそれを確認するだけだ。そして戦闘機は誘導され、加速し、離陸する。

その間に小野寺はAIが読み上げる任務内容を知る。兵庫県の山中から未確認飛行物体が発進し、それが北上中だが、美保基地からなら頭を押さえられると言うのだ。

他の航空宇宙自衛隊の基地からもF35が支援に向かっているが、間に合いそうになく、会敵できるのは小野寺機だけらしい。

「無線で着陸を促し、指示に従わない場合は、機関砲で撃墜せよ。ミサイルの使用は許可しない」

小野寺はこの命令に首を捻る。機関砲で撃ち落とせと簡単に言ってくれるが、ミサイルを封印されるというのは、至近距離での戦闘を意味する。飛行物体とは何を意味するかわからないが、撃墜するならミサイルを使用するのが現代の常識だ。

にもかかわらず機関砲で仕留めろとはどういうことなのか？　小野寺はIDSPを介して命令についてAIに確認させるも、「もう一度、言ってください」という反応が戻るだけだ。基地ではシステムの調子はいいのに、上空に来たら急に不安定になってきた。

昔なら無線機で管制官と直接通信するようなこともできたのだが、いまはIDSPに統合されているため、AIが正常に働いてくれないと通信ができないのだ。この現象はいまのところF15でだけ観測され、しかも再現性がほとんどないことから対策らしい対策は施されていない。

小野寺自身、数回しか経験していないし、基地に接近すると正常化した。しかし、よりにもよってこのタイミングで外部との通信ができなくなるとは。

ただレーダーだけは正常に作動している。つまり小野寺のF15は外部から孤立した状態で、最初の命令に従い、小野寺個人の判断で動くことになる。

客観的には、非常に危険な状態だ。しかし、小野寺自身はこの状況を楽しんでいた。自分の判断だけで、国籍不明機に対応できるからだ。

問題の物体はレーダーですぐに確認できた。それは美保に向かって北上するコースを飛行し、高度は九〇〇〇メートルになろうとしていた。

そしてF15が警報を鳴らす。自分たちが捕捉されたという警報だ。どうやら接近中の物体もレーダーを用いるらしい。そして物体の進路が変更する。

いままで北に向かって速度と高度を上昇させていた物体は、上昇をやめて小野寺機と同じ高度を維持しつつ、接近してきた。

レーダーに神経を向けつつ、物体の方に目を向ける。すでに自分たちの相対速度差は音速を超えている。そうして現れるであろう場所に黒点が見えた。

高速で接近している物体は、しばらくは点としてしか確認できないが、ある段階から急激に大きさを増し、そして一瞬で消える。

小野寺はそこで大きく旋回し、相手の物体と速度を合わせる機動を行なった。しかし、それに対して相手もまたF15に速度を合わせるかのような動きをし始めた。

レーダーでは相手は全長四〇メートル近くあるらしい。肉眼では点としか見えないが、全長もさることながら、見たことのない形状だった。リフティングボディの一種と思われたが、そんな飛行機が存在するなど聞いたことがない。

そして驚くべきは加速性能だ。まだ小野寺が旋回の途中なのに、物体はF15の側方に移動し、同じ距離を維持しながら旋回している。旋回性能とかそんな話ではない。とてつもないパワーをあの飛行物体は持っている。

小野寺は、機体に搭載されているカメラで映像を撮影する。その物体は断面が鈍角の二等辺三角形で、上から見れば鋭角の二等辺三角形だった。

普通のジェット機にならある吸気孔がなかった。それでも機体後部から陽炎が確認できるので、何らかの熱機関はあるようだ。

「国籍不明機に告げる。ここは日本国領空である。ただちに本機の指示に従い、着陸されたし」

そう言ってから小野寺は気がついた。日本の領空に侵入しようとする飛行機を撃墜する訓練はしていたが、日本領内から離陸し、領空を越えようとする飛行機に対する訓練などしていない。普通はそんな状況はない。

そしてIDSPが通じない状況では、自分で文面を考え、誘導しなければならなかった。

しかし予想したことだが、相手からの返答はない。

小野寺は再び機体を変針させる。このままでは自分が隣国の領空侵犯をしかねない。

小野寺は国籍不明機に対して威嚇射撃を仕掛けた。そして上層部がこれを銃撃で墜とせという理由がわかった。ミサイルで木っ端微塵にするのではなく、機銃で不時着させ、可能な限り機体を解析するためだ。

小野寺もオビックの噂は耳にしていたが、あらゆる情報が錯綜し、政府としては調査中としか言わず、それが宇宙人という噂も話半分で聞いていた。近隣諸国の軍用機を、未確認飛行物体とか特異な自然現象などとして扱う方が好都合なことも多いからだ。

「隣国の新型ドローンを撃墜した」というよりも、「自衛隊機が未確認の飛行物体と遭遇、何らかの特異な気象現象の誤認と思われる」とする方が妙な緊張を高めることはない。密かに飛ばしていたドローンが領空侵犯しかねなかったのを撃墜されたとしても、それを声高に叫んだとしたらメリットよりデメリットの方が大きいだろう。

だから最近耳にするオビックもそんな類の話かと思っていた。しかし、それは間違いだったらしい。こんな航空機など見たことがない。

すでに物体はF15と五〇メートルも離れていない。ここで機関砲を使用しても絶対に外さない距離ではあったが、一つ間違えれば接触して墜落事故を招きかねない距離でもある。

しかも、気がつけば機動戦は相手側にイニシアチブを握られている。小野寺が距離を取ろうとしても、相手はピッタリと並んで、距離を詰めてくる。至近距離でその形状がよりはっきりしてきた。物体は全体にくすんだ灰色で、素材は金属と思われた。

　音速を超える速度なので表面に凹凸はないと思っていたが、冷却機なのか金属パイプが筋状に前から後ろ方向へと、二メートルほどの幅で左右両端に並べられていた。

　そろそろ小松基地の戦闘機と接触する頃かと思った時、物体は動き出した。あちらのレーダーの方が高感度なのか？

　それはほとんど翼も触れ合うほどの近距離で迫ってきた。F15の翼端と物体の距離は一メートルを確実に割り込んでいた。小野寺はここで機体を急降下させた。そうやって距離を稼ごうとしたのである。本来なら上昇すべきだろうが、この物体のパワー相手に上昇という選択肢は悪手に思われたのだ。

　確かにその判断は正しかったかもしれない。しかし、物体のパワーは予想以上だった。決して運動性能に勝るとは思えない機体形状を、圧倒的なパワーでねじ伏せるような機動を行なってきた。

　なんと急降下したF15に対して、物体はそのまま一メートルの距離を維持して追躡（ついじょう）してくる。小野寺はここで再び上昇に入る。このままでは地面に激突してしまうからだ。物体を着陸させろとは言われているが、地面に叩きつけろとは言われていない。

　強力なGに苛（さいな）まれつつも、F15は上昇を続ける。そして物体もまた小野寺の機体に接近しそうなほどの距離を維持しながら急上昇を続けていた。その時、ヘルメット内のＨＵＤ（ヘッドアップディスプレイ）にＡＩの表示が現れる。急上昇のＧでどこかの接続が良くなったのか、小野寺のＦ15はＩＤＳＰとの接続を回復した。

もっともここで接続が回復しても、小野寺にとってのメリットは薄い。むしろ小野寺機からの情報を受け取れる小松基地のＦ35にこそメリットはあるだろう。

気がつけば小野寺は、未確認飛行物体に着陸を命じる立場から追われる立場になっていた。彼は接近中のＦ35と合流する選択をした。高度一万で水平飛行に移ると物体は再び数十センチまで接近したが、そこで予想外のことが起こった。

物体表面に張り付いていた冷却パイプのようなものが、表面から剝離すると人型になり、そして音速近いＦ15に対して飛びついてきた。

それはカメラで撮影されていたが、小野寺はあまりのことに恐怖の声をあげた。ミサイルや機関砲を搭載したＦ15であったが、外から飛び移ってきた相手に対しては何もできない。Ｆ15に限らず、どこの国のどんな戦闘機にも無理だ。

音速近い速度でも、ロボットが機体から剝がれることはなかった。あるいは機体のチタニウム素材と一体化しているのか？　そしてロボットの片腕は槍のようになり、コクピットごと小野寺を刺し貫いた。

ただここでも小野寺はまだ生きていた。風防の与圧が崩れ、一瞬、機内は水蒸気に覆われ、それもさらなる減圧で消える。しかし、肩から自分の鮮血が噴き出している光景に、小野寺は痛みを忘れていた。こんな現実味のないことが起こるのか？

ロボットは二度目は小野寺の心臓を貫き、そしてF15の機体がバランスを崩す直前にそこから跳躍し、元の未確認飛行物体の一部となった。そして物体はF35が目視する中を天空に向けて急上昇して行った。

F15はそのまま日本海に墜落する。小野寺は生還できなかったが、F15で何が起きたのかは、すべて記録されていた。

二〇三X年五月一四日・NIRC

「兵庫県A山の廃ホテルで起きた事例ですが、世界では類似事例が他に三件起きています。ロシアのカフカス山では兵器の廃棄場所にチューバーが現れ、ナパームと気化爆弾で焼き払われてます。詳細は軍事機密として公開されておりませんが、信頼筋の情報では歩兵部隊、戦車部隊と戦力のエスカレーションが起こり、収拾がつかなくなったために気化爆弾の使用に至ったようです。

兵士は首を刎ねられ、戦車は解体されたとの報告があったようですが、解体の意味はわかっていません。

アメリカではネバダ州のやはり山脈部のホテルがチューバーの拠点となり、市民が交渉を試み、全員が惨殺され、州兵が出動する騒ぎになりました。ここも砲撃と空爆で現場は完全に破壊されました。

もう一つの事例はモンゴルですが、展開は他の二か所と同様です。歩兵、砲兵あるいは戦車隊、そして空爆です。

ロシアとモンゴルはＩＤＳＰとは結ばれておりませんし、アメリカの事例もＩＤＳＰに接続するには州ごとに手続きが異なる関係で、共有されている情報は限定的です」

ＮＩＲＣの臨時理事会の席上で、担当の大沼博子はそう説明する。昨今は臨時理事会が多すぎて、定例がいつなのか忘れてしまいそうになる。今日の理事会にしても、戦闘のあった兵庫県の山中から参加している人間さえいるほどだ。すでに非日常が常態化しつつある。

「つまり一部始終を記録しているのは、自衛隊だけということか？」

的矢が確認する。わかりきった話を理事長が確認しているのは、この会議そのものが映像として記録されているためだ。

「そうなります。さらに現時点において、世界で他の類似事例は確認されておりません。オビックが建設した基地の大きさが建設時間に比例すると仮定した場合、時系列順にネバダ、カフカス、モンゴル、兵庫となります。これは兵庫の廃ホテルだけでオビックの行動が違ったことからも理解できます。先行事例の失敗から、オビックは傷が浅いうちに早期撤退を選んだと解釈できます」

大沼にとってここから先の説明をどうすべきか、自分が立てたシナリオを思い返す。

「この四か所の事例には共通点が二つあります。一つは、標高差はあれど、どの拠点も見晴らしのよい山頂にあった。これは高度よりも視界が開けているかどうかが重要と思われます。

もう一つは、どの場所も北緯三五度から四〇度の範囲に収まっている。これは何を意味するのか？」

大沼は一連の画像を理事たちと共有する。それは何かの機械に見えたが、大きさはよくわからなかった。

「これはオビックが宇宙船で退去した後、廃ホテルの空洞を調査した際に発見されたものです。全体で一ミリから二ミリの構造物で、最初はチューバーから剝離したものかと思いました」

画像は拡大写真となり、四種類の機械のようなものがあることが示された。

「これは解析途中ですが、一番わかりやすいのはいわゆるSFなどでナノマシンとして知られる存在です。この微細なミリ単位の粒が集合体となって、さまざまな機械類を作り出すシステムです。ナノマシンならぬミリマシンですか。

ただSFなら、こうした微小機械の集合体がその辺の岩石を加工して宇宙船やロボットを作り上げても通りますが、現実の工学ではそうはいきません。まず制御という問題があります。

また複雑精緻な構造物を作り上げるとして、ミリマシン一つ一つが完成品の設計図を持っている必要がありますが、現実にそれは不可能です。さらに個々のミリマシンが、自分はどこにいて何の役割を果たすべきかを知る必要がある。

さらに自己増殖機能があるとして、一定数生まれるであろう不良品の発見・回収・排除の仕組みも必要です」

「つまりオビックは、我々には真似のできない超絶的な技術を持っているのか?」

的矢は自分でそう質問しながら、オビックの技術がそこまで進んでいることには懐疑的なのがわかった。

「正直、オビックの技術水準はわかりません。たとえばこのミリマシンと同じものは、簡単ではないものの、我々の技術でも製造可能です。すでに回収された数百個のサンプルから構造解析がなされています。

ただ現時点の分析では、このミリマシンが一〇〇個あったとしても、複雑な構造物を作るための情報を保持できないことがわかっています。この技術に関しては謎です。

しかし、オビックの制御技術はブラックボックスとして、より重要な問題があります。それはどうして各地の山頂でチューバーが基地を建設していたかです」

大沼は地球の立体図とその周囲を回る衛星軌道を表示する。

「軌道の晴れ上がりのために、衛星軌道の追跡が世界的に混乱状態に陥っているのはご存じの通り。その中で、この軌道に未知の衛星が投入されていたことが最近になって明らかになりました。

発見したのが、ロシアがタジキスタンのドウレクに展開している宇宙監視施設アクノーであったことも、情報共有の面で遅れが生じた理由です。これは全長一メートルから二メートル程度の衛星で、当初は大型デブリと思われていました。これが軌道傾斜角三七度の低軌道を回っています。現在はIAPOによりブラックナイトと命名されています。

このブラックナイトからミリマシンを地上に放出した場合、先ほどの事例が発生した四件の山頂に投下可能です」

大沼博子はＡＩの専門家であるが、ロボットについても研究していた。それはロボットそのものの研究ではなく、ＡＩにとっての自認識や外界認識のためのツールとして、ＡＩに身体を与えるという文脈だった。

ただこのような考え方のため、彼女にとってのロボットとは一般的なロボット研究者とはかなり違っていた。

大沼にとってロボットとはＡＩの制御によりアクションを起こす機械であるので、ＩＤＳＰに接続している軍用機や軍艦もまた、彼女の視点ではロボットのカテゴリーに入っていた。

これは必ずしも偶然ではない。大沼がスタンフォード大学にいた頃に実績を認められ、ペンタゴンと彼女のチームが開発したネットワーク型の分散ＡＩが、ＩＤＳＰの基礎技術となっていた。

だからＮＩＲＣの職員の中で、彼女だけがアメリカ国籍だった。日本は二重国籍を認めないのと、大沼にしてみれば、日本よりも研究環境に恵まれているアメリカにいつでも戻れる算段をつけておくほうが有利との判断だ。

じっさいＮＩＲＣの理事になる前にＩＤＳＰ関係で海上自衛隊の護衛艦ＤＤＧＰ開発に

関わった時も、在日米軍スタッフの立場であったためにうるさいことを言われずに済んだ。

防衛省職員や自衛隊幹部の中には、日本にいた頃の大沼を知っているものも何人かいて、あの時と同じように女だからと居丈高に接してきたが、そういう連中には「在日米軍司令部の権威」を前面に出して対応すると、それからはすっかり大人しくなった。

とはいえＮＩＲＣも研究環境としては恵まれており、いましばらくはここの職員として働くつもりだった。

しかし、ここに来て自分や家族のキャリア形成について見通せなくなった。理由は言うまでもなく、オビックの出現だ。

現時点において、モルディブでの軍用機と護衛艦の切断事件は事故としても、他の惨殺事件はオビックの倫理観や生命観に疑問を抱かせるものであった。

一方で、惨殺の仕方がロボットが刀で首を刎ねるというものであり、被害者総数を言えば、地球文明の脅威になるような数字でもなかった。むろん当事者にとっては悲劇以外の何物でもないが、世界で八億人が飢餓に苦しんでいることを考えれば、いまのところ文明の脅威になるような数ではない。

ただオビックの正体も意図もわかっていない中では、今日の犠牲者が明日には一〇〇万倍に増えるようなことさえ起こり得た。可能性はゼロに等しいとしても、そこへの目配りは欠かせないのだ。

「おそらくミリマシンはブラックナイトが通過した領域に多数投下されていたはずです。これは軌道上から種をまいて、発育条件に恵まれた種子だけが芽をふいたと解釈できるでしょう。というのはこの四つの事例は緯度だけでなく、幾つかの条件が成立しています。それは、先ほどの共通点の他に人里から程よく離れていること、金属をはじめとする材料に恵まれていたことです。

ロシアは兵器の廃棄場所、モンゴルは産業廃棄物の不法投棄が行われ、アメリカの事例では建設中のリゾート施設が資金難で工事が中断していた。このため多数の建設資材が放置されていたようです。

兵庫県の廃ホテルも、リノベーションのための建設資材と重機が置かれていたとの情報があります。

また資源量では兵庫の廃ホテルが最も少なかったことを考えると、チューバーが引き揚げたのは、物量的な限界を認識した結果かもしれません」

「それはつまり、オビックによる四か所の基地化は、別にあの場所である必要はなかったということか？」

的矢が何かをメモしながら尋ねる。彼は政府の安全保障会議のメンバーに加えられたので、その関係だろう。

また理事の何人かからは「鮭の卵だな」というつぶやきも聞こえた。

「現状ではそう考えられます。ミリマシンを軌道上から投下して増殖条件が成立したところを基地化するというのは、一見すると馬鹿げた行為に見えますが、むしろ鮭の産卵のような方法こそ合理的と言えます。

前提としてオビックは地球の産業や人間社会についての情報が乏しい。拠点を建設するとしても、適切な場所がわからない。

だから幾つかの条件付けを与えれば、ミリマシンが増殖し、拠点建設が実現した場所こそが、逆に拠点の条件を満たしているとわかるわけです」

「しかし、失敗したわけだ」

社会動向調査担当理事の吉田がそう呟いたが、大沼は首を振る。

「果たして、そうなのか？　いまの時点では何とも言えません。そもそもこの拠点は何を目的に建設されたのか？

いまの話の前提は、オビックの人類に関する情報が欠如しているところから始まっています。この前提が正しいなら、拠点の目的は、まず情報収集です。ロシアやモンゴル、アメリカの事例では戦力のエスカレーションが起きていますが、オビックの視点で見れば人類の戦闘力や、エスカレーションの過程を見ることができた。

兵庫からの撤退は、資源不足だけではなく、必要な情報が得られたためとも解釈できます。じじつ戦闘機を墜落させたのは、あの拠点から飛び立った飛行物体だけです」

そこで災害・事故調査担当理事の新堂が質問する。

「一つ、どうしても理解できないんですけど、なぜチューバーは人間の首を刎ねるのか？　自衛隊の一個小隊を瞬く間に全滅させたからには、戦闘を知らない文明とは思えない。しかし、そんな文明がどうして刀しか使わないのか？　大沼理事に何か仮説は？」

「オビックの正体は不明ですが、彼らも首を刎ねられたら死ぬ。客観性を持って言えそうなのはそれくらいです。

むろん仮説はないわけではありませんが、まだ材料が足りません。あえてチューバーが刃物しか使わない理由を考えるなら、それは戦闘のエスカレーションの抑止かもしれません。

確かにロシアやアメリカは空軍力まで投入しましたが、それでも通常兵器の範囲内です。投入部隊の規模も限定的です。その点ではオビックは成功していると言えるかもしれません」

「オビックは基本的に戦争を望んでいないということ？」

新堂の質問に大沼は答える。

「いえ、現段階においてオビックは威力偵察しかしていないということです。つまり偵察だから、刃物しか使わないわけです。彼らの計画が次の段階に進んだ時、何が起こるのか、それは誰にもわかりません」

その仮説にＮＩＲＣの理事会は沈黙した。

あとがき

私が近未来を舞台にしたＳＦをハヤカワ文庫ＪＡで書いたのは、『記憶汚染』以来のことで、かれこれ二〇年ほど前になるだろう。本書の内容は、基本的には近未来に起こる異星文明との遭遇の話なのだが、いざ書き始めると思った以上に難しいことに気づかされた。

一つはここに登場する異星文明に関するものだが、それについての構築は、初めてでもないし、基本的に手順を踏めば出来上がるものである。その意味では異星文明の構築は、予想できた問題であった。

予想外というか、予想以上に難しかったのは二〇年前の「近未来」といまの「近未来」の状況の違いから生じることだ。

典型的なのはＡＩだろう。近年の生成型ＡＩに代表されるＡＩの発展は、ある部分でＳＦにおけるＡＩの描写の幅を広げる一方で、できないこともまた明確になってきた。

遠未来なら「ロボットが家事をする」と一行で済むものが、近未来のＡＩは生活にＡＩの浸透が進む一方で、家事全般をこなすほど賢くないことも明確であり、ライフスタイルのみならず、家族の在り方や雇用情勢など多くの問題に関連して行く。

このことと関連して無視できないのは、日本における人口減少と少子高齢化、そして就職氷河期世代の高齢化に伴う官民での人材不足問題である。このシリーズは異星文明と人類との接触を軸に様々な組織が動く話なのだが、その組織を動かして行く、課長・部長クラスの人材不足は執筆中に常に頭を悩ました。

二〇年前の近未来ＳＦなら、自衛隊だって割と自由に動くことができたが、現代の近未来では部隊の充足率や幹部の払底を考えないと、護衛艦一隻動かせない。

それでも責任ある立場の登場人物たちは、複数の案件を抱えながら、未知の事態に向かってゆきます。作者として、この人たちを書きながら応援しています。読者の皆様も彼らにエールを送っていただければ幸いです。

本書は、書き下ろし作品です。

〈日本SF大賞受賞〉

星系出雲の兵站（全4巻）

林 譲治

人類の播種船により植民された五星系文明。辺境の壱岐星系で人類外らしき衛星が発見された。非常事態に乗じ出雲星系のコンソーシアム艦隊は参謀本部の水神魁吾、軍務局の火伏礼二両大佐の壱岐派遣を決定、内政介入を企図する。壱岐政府筆頭執政官のタオ迫水はそれに対抗し、主権確保に奔走する。双方の政治的・軍事的思惑が入り乱れるなか、衛星の正体が判明する――新ミリタリーSFシリーズ開幕

ハヤカワ文庫

〈日本SF大賞受賞〉

星系出雲の兵站──遠征──（全5巻）

林 譲治

人類コンソーシアムに突如届いた「敷島星系に文明あり」の報。発信源は、二〇〇年前の航路啓開船ノイエ・プラネットだった。報告を受けた出雲では、火伏礼二兵站監指揮のもと、バーキン大江少将を中心とする敷島方面艦隊の編組と機動要塞の建造が進んでいた。一方、ガイナス封鎖の要衝・奈落基地では、烏丸三樹夫司令官率いる調査チームがガイナスとの意思疎通の緒を探っていたが……。シリーズ第二部開幕！

大日本帝国の銀河（全5巻）

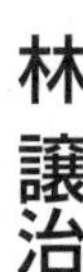

日華事変が深刻さを増す昭和十五年六月。和歌山県の潮岬にて電波天文台の建設に取り組む、天文学者にして空想科学小説家の秋津俊雄は、海軍の要請で火星から来たと言う人物と面会する。いっぽう戦火が広がる欧州各地には、未知の四発爆撃機が出現していた――。架空戦記＋ファーストコンタクトの新シリーズ開幕

沈黙のフライバイ

野尻抱介

アンドロメダ方面を発信源とする謎の有意信号が発見された。分析の結果、ＪＡＸＡの野嶋と弥生はそれが恒星間測位システムの信号であり、異星人の探査機が地球に向かっていることを確信する……静かなるファーストコンタクトの壮大なビジョンを描く表題作、女子大生の思いつきが大気圏外への道を拓く「大風呂敷と蜘蛛の糸」他全五篇。宇宙開発の現状と真正面から斬り結ぶ野尻宇宙ＳＦの精髄。

著者略歴　1962年生，作家　著書『ウロボロスの波動』『ストリンガーの沈黙』『ファントマは哭く』『記憶汚染』『進化の設計者』『星系出雲の兵站』『大日本帝国の銀河』『工作艦明石の孤独』『コスタ・コンコルディア　工作艦明石の孤独・外伝』（以上早川書房刊）他多数

HM=Hayakawa Mystery
SF=Science Fiction
JA=Japanese Author
NV=Novel
NF=Nonfiction
FT=Fantasy

知能侵蝕（ちのうしんしょく） 1

〈JA1564〉

二〇二四年一月二十日　印刷
二〇二四年一月二十五日　発行
（定価はカバーに表示してあります）

著者　林（はやし）　譲治（じょうじ）
発行者　早川　浩
印刷者　西村文孝
発行所　株式会社　早川書房
郵便番号　一〇一 - 〇〇四六
東京都千代田区神田多町二ノ二
電話　〇三 - 三二五二 - 三一一一
振替　〇〇一六〇 - 三 - 四七七九九
https://www.hayakawa-online.co.jp

乱丁・落丁本は小社制作部宛お送り下さい。
送料小社負担にてお取りかえいたします。

印刷・精文堂印刷株式会社　製本・株式会社フォーネット社

ISBN978-4-15-031564-1 C0193

本書は活字が大きく読みやすい〈トールサイズ〉です。